泥酔懺悔

朝倉かすみ　中島たい子　瀧波ユカリ　平松洋子
室井滋　中野翠　西加奈子　山崎ナオコーラ
三浦しをん　大道珠貴　角田光代　藤野可織

筑摩書房

泥酔懺悔　目次

挿画　浅生ハルミン、ただし48、49頁は瀧波ユカリ

泥酔懺悔

無理

朝倉かすみ

あさくら・かすみ

一九六〇年、北海道生まれ。二〇〇三年「コマドリさんのこと」で北海道新聞文学賞を、二〇〇四年「肝、焼ける」で小説現代新人賞を、二〇〇九年『田村はまだか』で吉川英治文学新人賞を受賞。著書に『ほかに誰がいる』『てらさふ』『植物たち』『たそがれどきに見つけたもの』『少しだけ、おともだち』『平場の月』など。

わたしがこどもだったころの一時期、親は『スパルタ教育　強い子どもに育てる本』と『女の子の躾け方　やさしい子どもに育てる本』に傾倒していた。前者は石原慎太郎氏の手になるもので、後者は浜尾実の著書である。どちらも当時は大ベストセラーだったはずだ。なぜなら、わたしの親の買う本はベストセラーか芥川賞受賞作品だったからだ。

親といっても本を読むのは母・京子だけだ。京子の読書の特徴は、かのにょの琴線に触れた箇所をこどもに読んで聞かせるところにあった。そこらへんであそんでいたこどもを「おいで、おいで」と手招きしてはソファに腰をおろさせ、お気に入りの一節を読み聞かせた。京子はモナリザみたいにからだをはすにかまえ、抑揚をつけて読んだ。

ソファに坐らされたわたしは、ハの字にした足の親指どうしをくっつけたり、ずり落ちた吊りスカートのひもを肩にかけなおしたり、口をすぼめて上唇が鼻につくかどうかこころみたりしながら、いちおうは、聞く体勢をとりつづけた。

そんなふうだったから、どの本の内容もほとんど記憶にのこっていない。石原・浜尾の本をいくども読み聞かせられた覚えがあるきりだ。京子が熱心に読んでいるのが教育本だということくらいは分かったから、ややこしいことになるな、と思った。

すでに京子は二冊の教育本の影響を受け始めていた。石原・浜尾、両名とも、京子いわく「えらいひと」で、京子は「えらいひと」にわりと弱い。

ちなみに京子が「えらいひと」と認定するのは、よい大学をでていて、ある程度の地位についていて、京子が「その通り！」と膝を打ちたくなることを分かりやすいことばでいうひとびとである。

さらにちなみに京子が「その通り！」と膝を打ちたくなるのは、じぶんが以前から考えていたのと同じことをずばっといってくれたり、初めて知ったが、じぶんが以前からそう考えていたと思える意見に出会ったときだ。

どうも京子はスパルタで大和撫子を育てようと意を強くしたようだった。

スパルタのほうはかねてより実践していた。といっても、いいつけを守らないこどもの頭をはたく程度だから、そう酷いものではない。昭和四十年代ならノーマルの範疇だ。それでもわたしには恐怖だった。とりわけ、親がにぎりこぶしに息を吹きかけ、「十かぞえるまでに、なになにしないとコレだからね」とすごみをきかせたあと、「ワーン、ツー」とゆっくりかずをかぞえだしたときが怖かった。おおいそぎでおもちゃをかたづけたものだ。

新たに導入されたのが元東宮侍従の著書によって喚起された大和撫子概念だった。京子はずっとまえから娘をちょっとした大和撫子にしたいと思っていたのだ。

わたしが想像するに、京子の考える大和撫子のイメージは「いいとこのお嬢さん」である。清楚で、おっとりとしていて、お行儀がよくて、品があって、つばの広いお帽子や白いワンピースがよく似合い、道でいきあえば「ごきげんよう」とほほえむような、まあ、そんな感じの女の子が理想であったと思われる。

残念なことには、うちの家業は当時ブリキ屋で、職人だった父・勝英は道南の出身でなまりがきつく、京子がなにをいっても「すったらことゆったって、どもならんべや」とランニングシャツのすそから手を入れおなかをごりごりとかいたり、『黄色いサクランボ』を鼻歌で歌ったりするひとだった。そんな勝英が京子の「『娘をいいとこのお嬢さん』っぽくする計画」に賛同し、協力する可能性はきわめて低い。

だが、勝英と京子には「まじめ」という共通点があった。

ふたりとも「不良」がだいきらいなのだった。

よろず「不良がやりそうなこと」をいみきらい、ことに女が夜おそくまで外をほっつき歩いたり、いいかげんな気持ちで異性と交遊したり、たばこをすったり、酒をのんでべろべろになったりすることを非難した。そういう女の噂を聞くと、「どうしようもない」とか「親の顔が見てみたい」と、なまごみのにおいをかいだような顔をした。

親はまた「だらしない女」も毛ぎらいした。

とくに京子だ。京子が「だらしない」とする行為は「不良」よりも多岐にわたる。もとより京子は几帳面な性格だ。折り紙を折るときでも、角と角をぴったり合わせないと「だらしないっ」と声を荒らげる。そうして「こんな折り方をするのは気持ちがたるんでいる証拠だ」などと精神論に走りがちだった。

わたしは「不良」と「だらしない」がだんだんこんがらかっていった。どちらも親が吐き気がするほどきらうものだ。

「吐き気がするほどきらう」というのは、いわゆる「生理的に無理」ということである。「生理的に無理」なことに接したとき、だいたいのひとは、むきだしの嫌悪の情が鉄砲水みたいに噴出する。親がこどもに対するばあいでも、それは変わらない。抑えられない。

わたしは親の放つ鉄砲水をあびるのが、いちばん怖かった。

親は、ふだんはやさしいし、おもしろいことをいうし、一度くらいなら揚げ足をとったり茶化したりしても「うまいことをいう」と笑っているし（しつこくすると頭をはたかれるが）、だいすきなのだが、一朝事あるときの怖さといったらなかった。

石原・浜尾の教育本への傾倒はいっときだけだったが、「不良」、「だらしない」への糾弾はつづいた。

ただし「不良」への非難は弱まった。いやはいやだが、しょせん他人事だと思うようになったらしい。少なくとも、じぶんたちのこどもが与太る心配はないと考えたのだろう。わたしも弟も親の血をひき、「まじめ」だった。

だが、「だらしない」のほうで、わたしは依然、京子の鉄砲水をあびていた。あんなに怖いといいながら、わたしは、部屋のかたづけをしないのだった。ものをだして、しまうという行為がめんどうでならない。片づけないと、もっとめんどうな事態になると知っているのに。

中学生になったわたしは、うちの親はたいしたことないのではないか、と思い始めていた。トイレの場所を覚えた猫が、そこでしか用を足さないような印象、を、親にも持った。トイレの場所を覚えただけで、鬼の首をとったような態度を取られてもねえ。それに京子は鉄砲水を放ちすぎた。わたしは、京子を「冷静さにかけるひと」と観察するようになっていた。

それでも怖いにはちがいなかった。だが、ただただ怖がるだけではなくなった。こういう怖さをひとにあたえるひとになりたくないと思うようになった。「だらしない」にかんして、親はわたしにはきびしく、弟にはゆるかった。「だらしない」女はぜったいだめだが、男はそうでもなさそうで、そこもなんだかなあ、という感じだった。「女の子なのに」とか「女の子のくせに」といわれるのが、わたしはすごくいやだった。部屋がきたないのは、男女のべつなくだめなはずだ。それならどうしてかたづけないのかと問われれば、やはり、めんどくさいのひとことにつきる。

けっきょく、わたしは根がだらしないのかもしれない。でも、「だらしない」のがきらいなあまり、ひとを怖がらせるよりはましだ。

弟は（男なのに）、わたしよりもきれいずきだし、几帳面だった。ところが、この弟が高校生になり、我が家に「不良」を持ち込んだ。髪にアイロンパーマをあて、バイクを乗り回す程度だが、ご近所には暴走族との噂がたった。

わたしたち一家はご近所の噂を笑って受け流したが、わたしは親が弟の髪型やバイクについて叱らないのがふしぎだった。むしろおもしろがっていた

ような気がする。弟が就職して、我が家に習慣的な飲酒と、たばこと、ギャンブル（パチンコ）と外泊を持ち込んだときも、おもしろがりまではしなかったけれど、親は、ごくナチュラルに受け入れた。わたしは合点がいかなかった。

その少しまえ、わたしが短大に入学して二ヶ月ほど経ったときのこと。

わたしは生まれて初めて、友だちと飲みにでかけた。お酒を飲むのも初めてだった。わたしの家にお酒を飲む者はいなかった。わたしは、お正月にやってくる親戚くらいしか、お酒を飲むひとを見たことがなかった。

ちっともおいしいと思わなかった。それでも、ウイスキーの薄い水割りを、時間をかけてようやっと一杯飲んだ。ビールもためしてみたが、まったく飲めなかった。いっしょにいった友だちは堂に入ったものだった。最初に入った居酒屋でビールをぐびぐびぐびっと飲んだと思ったら、ジョッキをドン！　とテーブルにおき、ぷはーと息をもらしたのち、おいしーとひとりごちた。その後はウイスキーのロック一本槍だ。二軒目に入ったスナック・バーには、ボトルをキープしていた。

友だちは、そのスナック・バーの常連だった。このあいだ高校を卒業したばかりなのに、いつのまに、と思ったが、常連は常連らしい。二十代半ばのやとわれマスターもかのじょをなじみの客として遇していた。というより、かのじょとマスターは仲のいい友だちどうしみたいだった。

「また未成年の客をつれてきちゃったよ！」といいながら、わたしの友だちが背の高いスツールに腰をおろすと、やとわれマスターは「またかよ！　あんまわるいこと教えんなよなー」とおしぼりをわたした。

初めて飲んだお酒と、スナック・バー独特の雰囲気に、ふわっとなっていたわたしは、愉しい、と思った。初めて知った愉しさだった。いっしょにいった友だちは、グラスをかさねるごとにいままで見たことがなかったほど陽気になっていったし、よく笑うし、ときどきは人生とかにたいしての真摯な意見も口にするし、なにかこう、いま、わたしたちは腹を割って話している、というような、奇妙な高揚感につつまれた。

むろん、わたしはウイスキーの薄い水割りをなめていただけだったが、それでも頬が熱くなっていたのは分かったし、いつもは頭のしんにある、こりこりとした固いものがほぐれていく感じも分かった。からだもやわらかになったようだった。じょじょに、いろいろなことが、どうでもよくなる。そのときわたしが気に病んでいたことや、不満、劣等感などが、なんてことないと思えてき、それらをふんわりと宙づりにすることができ、心持ちが軽くなった。終バスを逃したのも、さほど気にならなかった。お酒をのむという罪悪感——軒先に垂れたいちばん太いつららのような——がとけて、ぽたぽたと水滴を落としている状態だったから、気になるはずがなかった。

スナック・バーには朝の五時すぎまでいた。わたしは始発のバスに乗ってうちに帰り、一睡もせずに待っていた親に厳重注意を受けるはめになった。

遅くなるときは連絡を入れること。どんなに遅くなっても、日付が変わるまえには帰ってくること、を、わたしは親に約束させられた。

親は、叱らなかった。つまり、鉄砲水を放たなかった。「だらしない」とも「不良」ともいわなかったが、わたしはとてもよくないことをしたと感じた。ひとことでいうと、申し訳なさでいっぱいだった。

信頼してくれる親にたいする申し訳なさや、心配かけた申し訳なさ、「だらしない」行為をしているのに、飲んでいるときは気にならなく、ばかりか、とっても愉しかったという申し訳なさだ。

なのに弟は少しも申し訳ないと思っていないようすだったし、親も弟が帰ってこなくても寝ずに待ったりしなかった。その件にかんして、親は弟に注意もしていないようである。男だからか？　いや、もしかしたら、弟は親に事前に今夜は友だちの家に泊まってくる、といっていたのかもしれない。なんとなくだが、弟はそのへんは抜かりがなさそうだ。少なくとも、わたしのように、そのときの気分で家に帰らないことはなさそうなのだ。

わたしには気分で行動するぶぶんがあった。小学校低学年の夏には「暑い」といって自主下校し、冬は「寒い」といって自主的に下校した。親にはひみつだが、NHKの朝の連続テレビ小説のつづきが気になり、通学路の途中にある、窓からテレビをのぞける家で、午前八時三〇分には学校に着いていなくてはならないのに、午前八時三〇分までテレビを盗み見ていたこともあった。がまんがきかないところがあるのだ。

だが、飲酒と朝帰りしかしなかったわたしにくらべ、弟はたばこもパチンコもやっている。おとがめなしはおかしい。しかも、弟は、家で、親のまえでどうどうとビールをがばがば飲み、喫煙し、パチンコの話をするのである。

たしかに勝英もたばこはすう。しかし、勝英は大人の男だ。わたしの知っている親なら、こどものぶんざいでなにごとか、といいそうなものである。だが、いわない。ばかりか、弟は勝英とたばこの貸し借りなどをおこなったりして、和気藹々なのだ。

さらに勝英は下戸なのに、弟にビールをついでやったりする。外ではちょっぴりならお酒を飲むが、家では断固として飲まない京子は、家のなかに酒飲みがいるとさいしょはむつかしい顔をしていたが、わりあいすぐに、弟に頼まれると、二本目を冷蔵庫からだしてわたすようになった。パチンコもしかりだ。大概にしておきなさいよ、とはいうが、「いちおう、いっておく」程度だった。

男だから、ということもあるかもしれないが、マンガの本買いたさに親のお金をくすねたり、顔なじみの商店で親に無断で「ツケにしておいて」といったりした過去のあるわたしにくらべると、なるほど、弟は限度をこえたおこないはしなさそうなのである。

ひょっとしたら、わたしが「女の子だから」、「不良」や「だらしない」についてきびしくしたり心配したのではなくて、わたしが「わたしだから」、親は、そうせざるを得なかったのではないか。

ちょっとは「女の子だから」というのもあるだろう。

京子がわたしを「いいとこのお嬢さん」っぽくしたかったのはまちがいない。「いいとこのお嬢さん」が我が家でいうところの「不良」や「だらしない」をしないかとなれば、そんなことはないだろうし、むしろ「いいとこのお嬢さん」だからこそ、一般庶民には想像もつかないようなみだらな行為にふけることもありうるだろう。分からないけど。

京子の思いえがく「いいとこのお嬢さん」は、だから、あくまでも、京子による、うわっつらのイメージなのだ。やっかいなのは、この陳腐きわまりない「いいとこのお嬢さん」のイメージを、わたしもひとつの理想として共有している点なのだった。

わたしは、できれば、「いいとこのお嬢さん」っぽくなりたかった。たぶん、京子にいわれるまでもなく。だが、容姿や性質、声、生まれ持ったムードがお嬢さんぽさからいちじるしく遠い。わたしがお嬢さんぽくふるまっても、絵にならないし、そぐわない。むしろ滑稽である。あきらめるしかない。

歳をとっていくにつれ、お酒はひとなみ程度には飲めるようになった。飲みにいくと、つい長っ尻になる。気に病むことや、不満や、劣等感をふんわりと宙づりにできる、こんなに愉しい時間がずうっとつづけばいいのになあ、と思う。ずうっとつづけたくなる。朝帰りは以前より少なくなったが、いまでもたまにする。ギャンブルは興味がないのでしないが、たばこはすう。だが、親のまえではすわない。お酒を飲むのもお正月だけだ。

部屋はかたづけるようになったが、仕事がたてこむと散らかしっぱなしになる。一段落ついたあとの荒れ放題の部屋を、たばこをすいながら見回して、掃除をするのは明日にしようと考えることじたいがだらしないと思い、後ろめたさにかられるのだが、ビールを飲むと、そんなこと、たいしたことではないと思えてくる。心が軽くなる。そのときはいいのだが、酔いはすぐにさめて、飲むまえよりももっとおおきな後ろめたさに頭のてっぺんまでひたされる。じぶんがずぶずぶと「だらしない」女になっていきそうで怖くなる。だから、また、飲む。部屋で、ひとりで。

だが、足もとがふらつくかふらつかないかになると、わたしはお酒を切りあげる。正体をなくすまで飲むのは、生理的に無理なのだ。どうしても、それはできない。

下戸の悩み

中島たい子

なかじま・たいこ

一九六九年、東京生まれ。多摩美術大学卒業。放送作家、脚本家を経て、二〇〇四年「漢方小説」ですばる文学賞を受賞。著書に『ぐるぐる七福神』『心臓異色』『院内カフェ』『万次郎茶屋』『がっかり行進曲』『パリのキッチンでバケットを焼きながら』などがある。

酒飲みの悩みというのは、あげればきりがないだろう。健康、行動、お金に関してと、皆さんが常に頭を抱えていらっしゃることだ。一方、下戸の悩みというのは、あまり想像がつかないのではないだろうか。下戸の人間ですら気づいていない微妙なものもあるので、この機にあえて文字にしてみようかと思う。

私もその下戸の一人で、無理をしてせいぜいビールをコップに二杯ぐらいしかアルコールはいただけない。それ以上飲むと、全身が猛烈に痒くなってきて、人の声など聞こえないぐらい耳鳴りがして、しまいには生命の危機を感じるぐらい心臓がバクバクしてくる。なので酒の席では、お愛想にちょっとだけグラスに口をつけて、後は皆さんが飲んでいる様子をウォッチングすることになる。

「あなた飲めないの？　すみませんねぇ、僕たちだけ楽しんじゃって」

飲む人間は、たいていこのようなことを言ってくる。しかし飲まない側からしたら、まず謝られる意味がわからない。酒を飲めないということは、それがどのくらい良いものかもわからないので、うらやましくもないし、自分たちが可哀想だとも思わない。ところが酒飲みというのは、「酒」はこの世で一番素晴らしいもので、これを楽しめないとは、なんと不幸なのだろうと信じて疑わないでいる。勝手にそれを世の常識としているところが、こちらとしては少々鼻につく。それは甲殻類アレルギーの人に「カニ食べられないの？　こんなにおいしいのに可哀想に！」と言うのとも似ているが、「酒」はカニよりも、あるのが当然として大きな顔で世の中に存在するから、やっかいだ。

余談になるけれど、このように大きな顔をしているものは他にもあって、私は唯一の嗜好品だったコーヒーもある時から何の因果か、やはり心臓がバクバクして飲めなくなってしまったのだが、そうなってから、打ち合わせや訪問先で、何も聞かれず当たり前のようにコーヒーが出されることに改めて気づいた。コーヒーも酒と同様、知らぬ間に日本を占拠している飲み物だと実感している。

そのように、日本において酒のある場はマジョリティーによって支えられているわけで、人間関係を育む重要なコミュニケーションの場にもなっている。営業にも使えるし、異性との出会いもここで生まれる確率が高いので、下戸だからといってその場を避けていては機を逃してしまうことになる。だから、下戸が必ず言う決まり文句に、

「飲めませんけど、酒の席の雰囲気は大好きなんで、誘ってくださいね」

というのがある。本当に「大好き」かは定かではないが、おいてきぼりをくうのは嫌だから、酒のように何杯もは飲めない冷たいウーロン茶をすすりながら、「割り勘だと損するなぁ」と思いつつ、せめて食べ物を食ったれと、箸を忙しく動かしてそこにいるわけだ。実際、申し訳ないと酒飲みに謝られても、いいのかもしれない。

とはいえ、サラダとウーロン茶で四千円取られる、などというわかりやすい悩みを、今さらここで語る気はない。そんなことよりも、下戸が酒の席で悩まされている深刻な問題が他にある。それは、酔っていく相手にどうやってついていくか、ということだ。

「お疲れさまーっ」

カチン、カチン、カチン、とグラスを鳴らす瞬間までは全員がしらふで、同じスタート地点にいるわけだが、飲酒グループは以降、どんどんアルコールを摂取していき、色々な面で変化していく。一方、変化しない下戸は、彼らが遠ざかっていくことに気

づかないでいると大変な目にあうので、慎重に観察していなければならない。その変化には「個人差」というものがあって、なかなか把握するのが難しく、どの時点で相手が「酔っぱらい」になるのか、そればかりは予測不可能だ。いっそ、全ての人間が一杯でベロンベロンに酔ってくれたら、どんなにわかりやすいかと思うことがある。

例えば、とある酒の席で、飲酒者と向き合って仕事の話をしている私。

「まあ、自分でも苦労して書いた小説なんで、思い入れがあって」

「読んだよ。なかなか良かったよ。ちょっと驚いたけど、新境地だね。次回作もこっちの方向で行くの？」

「自身も悩んでるところで。ぜひ、忌憚のないご意見を聞かせていただければ」

「とてちれちん」

とてちれ？　と、鈍い下戸は相手の顔をまじまじと見ることになる。そして、この人は酔っているのだ、とようやく気づいて、真剣に話していた自分に赤面するのだ。飲んでる者同士は、同じ方向に走ってるわけだから、相手がどのくらい酔ってるかなんて、いちいち気にしてない。あとにポツンと取り残されてしまう下戸だけが、何とも言えない寂しさを味わう。

また飲酒者の中には、こちらが真面目な顔で席にいると、気遣って飲むペースをおさえようとしてくれる人もいる。しかしこちらも、場が興ざめしては申し訳ないと思って、

「お気遣いなく、私は雰囲気だけで酔えますから、どんどん飲んでください」

と、下戸の決まり文句をまた言う。ま、たいがいの人はこう言うと、そお？　と遠慮なく飲み始めて、半時経てば、

「君の小説って、なんていうか、ヒポポタマス？」

などと言ってくる。やはりむなしくはなるが、酔ったな、というサインを、とてちれちんやヒポポタマスのように、はっきり見せてくれれば、以降は無駄な話はしないで、メニューから炭水化物系の料理をせっせと注文することに専念できる。それに比べて、最もやっかいな酔っぱらいは、変化があまりにゆるやかで酔っていることが最後までわからないタイプだ。一見、酔っていないように見えるので、こちらも「この人はお酒に強いのだな」と思ってしまって、また真面目に話し込んでしまうのだが……。

「新作読んだよ。新境地だね。次回作もこっちの方向で行くの？」

「悩んでるところで。忌憚のないご意見を聞かせていただければ」

「まあ、同じ人間だから、何を書いても、たいして変わらないよ」

「そうですよね」

「それより、もっとベッドシーンとかあった方がいいかもね」

「……色気が、足りないと?」

「今って、希望のない時代じゃない? 金融不安とか。そういう時って、やっぱエロスなんじゃないかな」

「エロス、ですか……」

なんとなくモヤモヤしたものを胸に残したまま家に帰ってきて、パソコンに向かい、どこにベッドシーンを入れようかと検討してみたものの、やはり解せなくて、その時になってはたと、

「あいつ、酔っぱらってたんだ!」

と気づくのだ。またもや空気の読めない下戸であったことを恥じることになる。しらふに戻った彼に「エロスはやはり無理です」と言ったら、「なんの話?」と、返ってくるに違いない。

酔ってる時に言った言葉を、飲酒者がどのくらい覚えているのかも、酔ったことがない自分にはわからない。これも個人差があると思うのだが、泥酔するほど、自分の身に起きたことが、すっぽりと記憶から抜けてしまうのは本当らしい。それを知った泥酔体験がある。もちろん泥酔したのは私ではない。友だちである。どのくらいの友だちかというと、三、四人ではよく会うが、二人で会うことはあまりない、というぐらいの親密さだ。そのAちゃんが酔って色々としでかした逸話はそれまで聞いていたけれども、泥酔状態になっている姿を実際に見たことはなかった。

事が起きた夜は、大所帯の飲み会で、みんなけっこう浮かれて飲んでるなという印象があった。下戸は普通、日付が変わる前に速やかに腰を上げるものだが、その日はタイミングを逃して終電ぎりぎりまでそこにいた。いいかげん帰ろうと席を立ってトイレに行ったら、Aちゃんが、トイレでうずくまっていたのだ。席が離れていたので、どれだけ飲んでいたかわからないが、大丈夫?と、彼女の背中をさすったり、介抱することになった。ありがとう、もう大丈夫、と言う彼女の言葉を信じて、外の風にあたりたいと言うから、肩をかして私は店の外に彼女を連れ出した。どうやって家まで連れて帰ろうかと、やたら重たいAちゃんを抱えて思案していたら、私は彼女の嘔吐物をしたたか浴びることになってしまった。酔ったことがない人間は辺りかまわず吐くという行為に慣れてないもんだから、吐かれた不快さよりも彼女の白い顔を見て、この人かなりヤバいのでは？　救急車？　と不安になって応援を呼び、ほどよく酔っている人たちが様子を見に来てくれて、このぐらい平気、平気と、慣れた感じで後を引き継いでくれた。家が同じ方向の人が彼女を送ってくれるというので後はまかせて、私も時間がないので、服と靴にかかった汚れを拭いて、他の友だちに、電車がなくなるからと言い残し、慌ただしくそこを去った。さて問題は、翌々日に起きたことだ。Aちゃんが、わざわざ私の家にお詫びに来たのだ。彼女自身は全く記憶がないが、自分の吐いたものが私の服と靴を汚してしまったことを誰かから聞いたようだった。クリーニング代を払うと言うので、もう洗ったたし、大した服じゃないからいいよ、と言った。

「ごめんね、ひどい迷惑かけたみたいで」

「Aちゃん、ホントに覚えてないの？」

「ぜんぜん記憶ない。気づいたら家にいた」

これが記憶が飛ぶということかと、また相手の顔をまじまじと見てしまった。するとAちゃんは、何か入ってる紙袋を差し出した。

「これお詫びに、パウンドケーキ焼いたの、食べて」

あ、ありがとう、と私はそれを受け取った。彼女が帰って、私はその袋を開けた。パウンドケーキにしてはあまりにふくらんでいない、質感もちょっとパチャッとしている薄茶色の手作りケーキを見つめ、私は思わず、これはちょっと……と呟いた。

チュニックとジーンズは洗ったけれど、まだ玄関には、取れなかった染みがついた靴がある。彼女

の嘔吐物の記憶は、さすがにまだ生なましい。ちょっと、このケーキを……わー美味しそう！　と喜んで食べる気持ちには、まだなれない。でも、吐いたお詫びに、食べ物を持ってくるというのも、ある意味すごい。それも手作り……。吐いた人間が作ったものだから汚いと言ってるわけではない。でも、どうしても思い出してしまって、これ見て食欲を出せって方が無理だ。彼女の神経をちょっと疑ったが、「記憶がない」という彼女の言葉を思い出した。Aちゃんは、吐いたことも、私にそれをかけたことも覚えていなくて、私よりその「実感」がないからこそ、平然とこのケーキを焼いて持ってきたのだ。なるほど、がってんがいった。泥酔していれば、何かとんでもないことをやっても、記憶も実感も残らないから、後から思い返して罪悪感を感じることもない（何をやったかわからないという不安は残るが）。Aちゃんも謝ってはいるが、ベチャッとしたケーキを持ってくるぐらいだから、明らかに事の実感がない。それを知ってて酒飲みは皆、酔っている間に、好き勝手なこと言ったり、泣いたり、けんかしたり、裸になったりするのか。酒が飲めないお子様は、そんなことに今さら気づくのだった。

このように、飲めない人間は、飲む人間にいつも驚かされているわけだが、まだまだ他にもついていけないところがある。前に述べたように、その人が「いつから酔っていたのか」が、わからないように、「いつから醒めるのか」も、下戸にとっては予測がつかない。さっきまで上機嫌でまくしたてていた相手が、ある時から急に言葉数が減ってきて、あれ、ちょっと不機嫌？　私、なんか悪い事を言ってしまったかな？と心配していると、おもむろに手をあげて、お茶なんかを注文し始める。そして、ずり下がっていたメガネを押し上げて、真面目くさった顔になり、

「まぁ、色々あるでしょうけど、がんばってくださいよ。……さてと、明日も休みじゃないし、そろそろ行きますか」

突如として冷ややかな口調に変わるのだ。なに？　がんばってくださいよ？　まるで、私の話を聞いてやったというような態度。そっちが熱く語りかけてくるから、こっちが聞いてあげたんじゃないの。合せてテンションあげて、空気壊さないようにと。なのになんですか？　その一気に場をしらけさせる終わらせ方は？　私だけが一人で盛り上がってたみたいにされてしまって、これまた腹がたつ。どうせ酔うなら、家に帰るまで「とてちれちん」って言い続けてろよ！　真顔で勘定書を見ている相手を見て、そのように思ってしまうのだ。

ずいぶんと悪態をついてしまったので断っておくが、これらの予想できない酒飲みの行動や変化は、彼ら本人の性格や人間性の問題ではなく、アルコールという物質がそうさせているのだということを、私も理解している。私の心臓を死ぬかと思うほどバクバクさせるものであるから、その効果が頭にまわれば、行動や記憶や性格を、めちゃくちゃにしてもおかしくない。そしてそれは、同時に何とも言えない快楽を生み出すのだろう。それを味わえないのは、人間として生まれてきて、確かに残念な気はする。でも、その快楽を知らなくても、風呂上がりの一杯を飲まなくても、下戸は楽しく生きている。下戸の人はどうやってストレス解消するのかと酒飲みに聞かれることがあるが、それも愚問である。酒でしか解消できないストレスがあるとしたら、下戸はそれを持ち得ない。

最後にデビューした頃の話を。ある文学賞の候補になぜだか選ばれてしまい、私もまわりの人間も「まさか」と思いつつも「あわよくば」と内心期待したが、もちろん受賞することはなく、結果を聞いた後に、残念会と称して出版社の人たちと飲むことになった。その店に私は遅れて到着したので、着いた時はみんなもう飲んでいる感じだったが、温かく迎えてくれた。とりあえず、ビールで「残念でした」の乾杯をして、皆がせっせと慰めてくれるのを聞いた。いつもならば、私もビールにちょっとだけ口をつけて、あとはツマミをこそこそつつくけれども、

「中島さん、お酒だめですよね。なにか飲みます？　ウーロン茶？」

と聞かれて、昼から何も食べてなかった私は、さすがにプチッと切れた。ウーロン茶だとぉ？

「んなもん飲まないっ。ごはん！　ごはんちょうだい、米つぶのごはんっ！」

かなり大きな声で返したもんだから、場は一瞬シーンとなった。皆は口々に店員を呼んで、至急、この人に温かいごはんを持ってくるように！　と頼んでくれた。私は不機嫌なまま、皆のツマミをかき集め、それをおかずに黙々とごはんを食べ続けた。茶碗が空くと、誰かが速やかに、まるで酒を注ぐように、お代わりを頼んでくれた。後にも先にも、あの時ほど気分が良かった酒の席はない。

初めての飲み会

瀧波ユカリ

たきなみ・ゆかり
一九八〇年、北海道生まれ。漫画家、エッセイスト。二〇〇四年に「月刊アフタヌーン」にて『臨死!!江古田ちゃん』でデビュー。同作は二〇一一年にドラマ化・アニメ化された。他に『あさはかな夢みし』、エッセイ『はるまき日記』『ありがとうって言えたなら』など。

十八歳の春、大学生になった。あらゆる抑圧から解き放たれ、私は何でもやってやるぞという気になっていた。漫画に出てくる大学生みたいに、酒に酔って泣いて笑ってセックスをしまくって傷付いて大人になってやる。ロールプレイングゲームで最初の村の周辺をうろついて雑魚を倒しまくるあの感じで、経験値をあげようではないか。

というわけで何はなくともまず酒だ。都合のよいことに大学の前庭には新入生を勧誘するサークルの受付机が所狭しと並び、今日新歓コンパがありますよ、ただでお酒が飲めますよと競って声をはりあげている。『新歓コンパ』とは言うまでもなく『新入生歓迎コンパ』のことである。『コンパ』の意味はよくわからないが、要は楽しく酒を酌み交わす会ということだろう。「しん・かん・こん」とリズム良く続き、「ぱ」という陽気な音で終わるこの言葉を聞くだけで、楽しいことがいっぱい待ち受けているような気がしてならない。個性的で都会的と言われたいがために選んだ服を田舎くさく着こなした私は、さてどのサークルに世話になってやろうかと下卑た心を躍らせながら上から目線で物色した。しかし大学の前庭は見渡す限りサークルの机が連なっていて、なかなか的を絞れない。そこで、『演劇映画放送研究会』という、やってる側からして的を絞れていない感じのサークルに白羽の矢を立てた。活動内容自体はどうでもよくて単に酒を飲みたいだけの私にぴったりだ。わざとらしく机の前を通り過ぎると「ぜひコンパに！」と案の定声をかけてきたので、気圧されてしぶしぶ行くことにしたという体を装って集合時間と場所を確認し、期待に胸を膨らませて夜を待った。

十八時。夕闇の駅前に集まったのはなんとたったの五人であった。何百人という新入生がいてこのざまである。的を絞れていないのが原因であることは明らかだ。今すぐ解散し、演劇研究会と映画研究会と放送研究会の三つに分かれて新たなスタートを切るべきだろう。このコンパを仕切る上級生三人ほどに導かれて、私達は古びた台湾料理屋に入った。店内は大きな座敷になっている。これから大規模なサークルのコンパが行われるのであろう、五十はくだらないグラスや座布団が所狭しと並んでいた。この規模こそが、私の想像していた新歓コンパである。しかし我ら演劇映画放送研究会新歓コンパ隊はそこを通り抜けて、店員が休憩時間に食事を摂るような粗末なダイニングテーブルに通され、着座した。

この時私は、今宵楽しいことが起こる確率が想定よりもずっと低いという確信に近い予感を得た。引き返すなら今だが、トラックに積み込まれたばかりの牛のように周りの様子をうかがうことに気を持って行かれて、正しい判断ができない。ちなみに新入生は男子一名女子四名。私以外の女子三人は顔も服装もおとなしい、休口にドアノブカバーなんて編んでいそうな娘さんたちだ。勧誘部員に押し切られて来てしまったのだろう。集合した時点で三人でまとまっていて私の入る余地などないし、入ると負けな気もする。もうここはこの三人娘に全てを任せて、何食わぬ顔をしてここを脱出したい。

上級生三人が慣れない手つきでグラスを配り始めた。この三人も、下卑た自分とは話が合いそうにないドアノブカバー編み系女子だ。もし六人でドアノブカバー部を発足すれば、全国優勝も夢ではないかもしれない。そんな妄想がよく進むほどに、私の所在なさは募る一方だ。そういえば、勧誘の時にはけっこう男子部員がいたのに、ここに来ている様子はない。「男子部員の方々はどうしたのですか」と聞きたいところだが、男に狂った新入生というレッテルを貼られるかもという恐怖が私の口を閉ざした。上級生は一応優しく接してくれるが、その優しさレベルは美容室で洗髪が終わって席に戻される時に他の美容師が「おつかれさまでした〜」と口々に言うのと同じくらいで、どこか心ここにあらずな感じだ。私自身は演劇映画放送研究会にまったく愛情はないのに、会の未来が心配で仕方がない。

　通夜のほうがまだ盛り上がるだろうというくらいテンションの低い乾杯がすみ、私はアサヒの小さなコップに注がれたビールをなめた。これまでにお酒を飲んだことはあるけれど、コンビニで売っている缶チューハイとか梅酒のような甘いものばかりで、ビールは味は知っていても好きというわけではない。でも他のお酒が飲みたいなんてタダ酒を飲みに来ておいて言えっこない。今までにもまして苦いのは、三人娘のひとりがとろとろと泡を立てずに注いだせいだろうか。ふわふわした泡の生ビールが飲みたかったが、飲み放題制だと瓶ビールしか頼めないらしい。そんなの、飲み放題とは言えないのではないか。私は大人の定めた理不尽極まりないルールに強い反発心を覚えた。

「おたく、何学科？」

そう聞いてきたのは、隣にいた新入生であった。ここに来た五人のうち、唯一の男子。真横にいたのであまりじろじろ見ることもできなかったのだが、声をかけられたので遠慮無く彼を観察した。浅黒い肌にぐりりとした強い目、鷲鼻、少し歪んだ不遜な唇。眉が隠れるほど暑苦しく生い茂った真っ黒な癖毛。走ってきたわけでもないのに、呼吸がハアハアと犬のように荒いのはどうしたことか。美形でも不細工でもないが雄としての迫力はすごい。唾液を飲まされただけで妊娠しそうだ。

「私、写真学科」

「へ～そう」

彼は私に興味があるようでもなく、単に隣に人間がいるから適当に話をしているといった感じだ。その証拠に、彼の視線は店員が次々と持ってくる料理に注がれている。

「ただなんだから、食べなきゃ損だよな」

と、彼は口のわきからすするようにビールを流し込み、取り皿に素早く料理を盛ってかっこみ始めた。その姿は雄の野犬のように野蛮だが、男らしいと思えば忌避すべきものでもないかのように思える。好奇心と生理的不安感が拮抗し、この男と親交を深めてよいものか私はしばし悩んだ。……ならば酔おう。彼と接近することを楽しまなければ、この新歓コンパに来た意味はない。

私はコップのビールを飲み干した。ふうと一息つくと、この二日前のもんじゃ焼きのような宴席ですら少しばかり楽しいものであるかのように思えてくる。よし、どんどんいこう。が、雄も三人娘も注いでくれる様子はないので、自分で瓶をつかんでどんどん飲み進めていった。グラスが空く前に同席者が気付いて注いであげるという文化があるのは、酒を飲み慣れない私でも知ってはいたが、新歓コンパと言えどもさほど歓迎されていないことは肌で感じ取っていたので、誰にも気付かれなくても腹は立たない。しかしグラスが空になったことばかりでなく自分で注いでいることまでも気付かれないというのはみじめなものだな、と、瓶を真っ逆さまにしてチョロチョロとビールをコップに注ぎながら思った。こんな気持ちになりたくないから、日本のおじさんはスナックやクラブに行くのだろう。別に知る必要もないであろう日本のおじさんの気持ちを、私はこの時知ってしまった。

手酌の女と化しながらも、「地元はどこ?」とか「一人暮らし?」とか、単純な内

家でも このコップで びんビールを飲みたいのだけど、どこに行けば買えるのだろう?

皮《ぴー》蛋《たん》豆《どう》腐《ふ》

きゅうりやトマトなど
いろいろトッピングされた
サラダタイプは
あまりグッとこない…

切れ目を入れた
豆腐の上に大きめに
切ったピータンと
薬味が載っている
タイプを支持します。

容の話を私と雄は続けていた。向かい側の三人娘もそこそこ盛り上がっているようで何よりだ。飲み会がドライブし出した安堵感と料理のおいしさも手伝って、デスマスクのようだった私の顔にもようやく笑みが訪れた。ピータン豆腐に水餃子、卵とトマトのオイスター炒め。実家では味わったことのない品々が面白く、お酒が進む。台湾料理と言っても日本人の舌に合うように作っているのか、辛さはさほど強くない。しかし、なぜか隣の雄は玉の汗をだらだらと流している。

「暑っ……暑っ……」

とつぶやきながら、汗を拭こうともせず鶏とカシューナッツの炒め物をかっこみビールをすする雄。その姿は犬を通り越してもはやケダモノだ。しかし私はビール片手にフフフと笑っているうちに、徐々に彼の気持ち悪さが気にならなくなってきた。我が作戦は大成功である。もう少し飲み足せば、閾値を超えて恋に落ちることも不可能ではない気がする。別に無理に恋に落ちる必要はまったくないが、この場がさらに楽しいものになるのであれば、私としてはハートを盗まれる事態も辞さない構えである。こんな下卑たハートで良ければ、喜んで彼に捧げよう。そこまで思えたその時、ボリッ！という振動を帯びた重低音が鳴り響いた。

「あ、屁ぇ出た」

何の音かわからずただ宙を見つめていた私が次に聞いたのは、雄のその一言であった。屁？　まだ事態がつかみ切れない私に、次の破裂音がとどめを刺す。今度は車のクラクション風だ。ピピッ！

「やべぇ、めちゃめちゃ屁が出る」

私は信じられない思いで雄を凝視した。ほどなく後を追うように、片側がやや持ち上げられた彼の尻から三発目、四発日が体外へ向けて威勢良く放出された。

「屁が、屁が止まらねえ!!」

雄、絶叫。この由々しき事態に、私の本能は非常事態宣言を発令し、助けを呼ぶべきと警告している。しかしその屁が聞こえているのは私のみで、三人娘と上級生はそれぞれトークに夢中、既に私と屁男の存在など忘却の彼方である。「今、この人がおならを！」と周囲に訴えてどうにかなるような状況ではない。これは屁男による、丹念に計算され尽くした放屁プレイなのだろうか？　そしてもしかして大学の飲み会では、放屁プレイなどごくありふれた遊びで、これしきで動揺している私はまだまだ修行が足りないのだろうか？　四面楚歌の状況の中、「ハプニングを楽しめ！」というもっともらしい言葉が脳裏をかすめたが、「やだぁ〜おなら〜！　でもすごぉいおもしろぉい」などと無邪気にキャッキャして己の好感度を上げにかかったところで相手は屁男である。詰んだ。あらゆる希望と夢は、完全に絶たれたことを私は悟った。

そうして私は、初めての飲み会開始から一時間を待たずして決意を固め、そろそろと立ち上がり「もう行かなきゃならないんで……」と蚊の泣くような声で上級生のひとりに伝えた。こんな時ですら相手を気づかって、残念そうな笑顔を浮かべている自分が心底情けない。入りたかったらまた机のところに来てね、と適当に告げる上級生達の目を見ないようにして、私はすみやかに席を立った。立ち去る時、最後に視界の端に映ったものは、私のことなどおかまいなしに脇目もふらず料理を食べ続けている屁男の姿であった。私の初めての飲み会を屁一色に染めたあいつが許せない。しかしあいつをほんの一瞬でも愛そうとした自分はもっと許せない。私は体に付着した屁を振り切るように、階段を駆け下り商店街を早足で歩いた。ありがたいことに春の夜風は屁の成分を私の体からさらっていった。いずれ酔いも覚めるだろう。そして、見果てぬ夢だけが残るだろう。

その後、私は晴れて別の部活に入部し、当初の希望通り酒に酔って泣いて笑ってセックスをしまくって傷付いて、だからといって大人になるわけではない大学生活を送り、そして今に至る。決して手酌を他人にさせない女になったのは、ひとえに最初の洗礼のおかげである。屁男はなぜか学内で一度も見かけることはなくそれっきりだ。そして放屁プレイなどという遊びは存在しないということも、もちろん今は知っているのである。

十八の夜の話

平松洋子

ひらまつ・ようこ

エッセイスト。東京女子大学文理学部社会学科卒。食文化や暮らしをテーマに執筆している。二〇〇六年『買えない味』でBunkamuraドゥマゴ文学賞を、二〇一二年『野蛮な読書』で講談社エッセイ賞を受賞、『味なメニュー』『そばですよ　立ちそばの世界』ほか著書多数。

ああ、またやってしまった。飲みすぎてしまった。「うっかり」という言葉がうらめしい。楔がぐっさり打ちこまれた頭をふりふり、とりあえず熱い湯にすがろうと湯船に沈みこむときの自己嫌悪、もしかしたら、あの感情には麻薬か刺激物が注入されてはいるのだろうか。脳の好物のような気もする。「それはね、快楽なんですよ、あなたの」。誰かが囁いてくれたら安堵する。でなければ、いっこうに学習しない自分にたいして説明がつかない。

そんな自問自答を何十年も重ねてきた。酒を飲みはじめたのが十八のときだから、四十年になる。そうか、四十年も。嘆息しながら酒の後悔を指折り数えると、自分に絶望してしまいそうだ。いや、せめて落胆にとどめておこう。絶望すべきことがらはほかにも山ほどあるので、自分をなぐさめるときのために酒くらい味方にとっておきたい。

冒頭から辛気くさい話になったが、しかし、「懺悔」という二文字のまえに正座させられると、どうしてもそういうことになる。いやはやである。

いま急に思いだしたことがある。あれは娘が五歳になったころだった。真冬の夕食どき（鍋だったと記憶している）、おとなが飲んでいるビールのグラスに手を伸ばして握り、「これなあに」と聞いてきた。疑問形ではあったが、グラスをわし摑みにした両手は飲む気まんまん、返事も待たず口に近づけるなり、ぐーっと飲みはじめた。たぶん部屋が乾燥していて、のどが乾いていたのだろう、ごく、ごく、ごく、制止するのも忘れるほどあっぱれな飲みっぷりであった。そしてグラス半分、都合一〇〇ccほど干したところでとんっと音をさせてテーブルに置く。まるでおやじが居酒屋でビールのひとくちめを飲りおえたような威勢のよさだった。あわてながら、意表を突く勢いに気圧されて戯れ言がよぎった。

（この子は酒がつよそうだ）

しかし、五歳児の頰はみるみる紅潮し、とろんと目が据わった。まずい。これはまずい。わたしは動転した。

（水を大量に飲ませないと大ごとになる）

あわてて立ち上がらせ、しかし、つぎの瞬間ふたたびあっけにとられた。千鳥足とはこのこと。右足、左足、漫才かコントみたいにみごとに交差させながら歩く。わたしは惚れ惚れとした。千鳥足とはよく言ったもの、ひとは、酔っぱらうと、ほんとうに千鳥のように歩くのですね。わたしは本気で感動した。以降いまに至るまで、わたしはあれほどみごとな足の運びの酔っぱらいに会ったことがない。

その娘は長じて期待にたがわぬりっぱな酒飲みに育ったわけだが、あの冬の夜を思いだすたび、管理不行き届きにもほどがある、自分の馬鹿親ぶりを陳謝する気持ちでいっぱいになる。

さて、懺悔には多大な勇気がともなう。なにもひとに知られるのがおそろしいから勇気がいるのではないのです。こわいのは、ほんとうにこわい相手とは、はかでもない自分自身である。だって、自分ではこれっぽっちもそんなことをしでかす人間だと思っていないのだ、しでかす以前には。しかし、なにかのはずみで起こってしまったものごとは、否定のしようもない事実だ。「あれはもののはずみでして」「自分でも信じられません」、消え入りそうな声を出してみても、哀しいかな事実は消えてくれない。

さあ、どうする。正念場である。しでかした事実と向き合い、自分で自分をまるっと抱きとめなければならない。懺悔とは、みとめたくもない自分、見たくもなかった自分、知りたくなかった自分、その苦さをふかい嘆息とともに受け容れる行為なのだ。このさき自分で自分とつきあっていくための。だからこそ、なけなしの勇気を振り絞るのである。

あのときわたしは十八だった。入学した大学は中央線沿線にあり、住まいはおなじ中央線沿線、電車で二十分ほど西へ行った学園都市、国立にあった。実家からはじめて離れて暮らす住まいは教会と修道院の階上にある女子寮である。ひとり暮らしなど認めぬというのが親の言い渡しだったから、従うよりほか手がなかった。眼光するどいシスターの面接を受け、難関をくぐり抜けて自分の居場所をぶじに得たのは一九七六年春だった。

門限九時。「特別遅延願い」を提出すると、一時間だけ延長されて夜十時の帰宅が許可されるのだが、それも一ヶ月に二度までと条件がつけられた。石の門柱のあいだにそびえる背の高い鉄の門扉は、ぴったり夜九時、シスターの手によって施錠される。数分でも遅れれば、門柱のベルを鳴らして開けていただく。やむなく自分で押したべルの音が静まりかえった建物の内部に響くのが聞こえてくると、身の縮む思いがした。申しわけございません、遅れました。身を硬くして立っていると玄関扉のノブが内側からがちゃり、シスターの黒いシルエットが現れる。闇のなか、シスターは小走りに石段を下りてきて、鉄門扉を開けながらしずかに言う。

「おかえりなさい」

いつも縮み上がった。あからさまな叱責より、冷静沈着な無言のほうが百倍おそろしい。シスターの脇をすり抜けるようにしてただちに食堂へ直行し、いましも引っこめられようとしている自分の夕食を確保しに走った。

大学に入ってまさかそんな身の細る思いをするとは想像もしていなかったが、それこそが親の深謀遠慮、思うツボだった。シスターたちの存在感は重圧たっぷりだったが、しかし門限や食事の時間さえ厳守すれば毎日は大過なく過ぎていく。大学生ばかり寮生は三十人ほど、おのおのの部屋は個室だからプライバシーはきちんと守られ、朝食と夕食をつくってくださる厨房係のシスターはスペイン帰りで、なかなかの腕前だった。ようするに、文句をいう筋合いのない生活環境だった。しかし、人間社会というものは、ひとつの集団があれば、その枠組みからはみ出す人間がかならずいる。

シスターの面接をくぐり抜けて「おめがねにかなった者」であっても、そこはそれ、微妙に手足をバタつかせる者があらわれるのだ。門限破りや部屋のなかでこっそり煙草を吸う者（狙いさだめたシスターの不意打ちの来訪に遭って、こってり油を搾られていた）もいたが、わたしは表向きはおとなしく、しかしキモチはきっちりはみ出した。いったん外に出ればジャズ喫茶に入り浸り、中央線沿線あちこちの路地裏を散策し、変わりだねの本屋を探しては渡り歩き、名画座にせっせと通い、大学の授業には出ても（講義を聴くのはおもしろかった）、日常の中身は修道院や教会のそれとは真逆の方向をひた走った。そして、寮生にも大学の同級生にも自分とおなじ匂いをもつ者は見つからなかった。

ほどなくボーイフレンドができた。社会学の研究会に入って知り合った国立大学四年の男子学生である。びっくりするほど話が合い、喫茶店や図書館で待ち合わせては何時間も飽かずしゃべった。音楽のこと、本のこと、いま思いだしてもいったいどこにそんなに話すことがあったのか、しゃべってもしゃべってもそのつぎがあり、「すき」という感情の襞を押し広げて、さらに奥へ足を踏みこむおもしろさがあった。もちろん生まれてはじめての経験だった。

その日は吉祥寺のジャズ喫茶に入ってワインを頼んだ。学生のぶんざいでワインとは贅沢な話だが、たしかボーイフレンドの家庭教師のバイト代が入ったばかりだったように思う。東京の実家暮らしのひとだったから、数件の家庭教師をすればけっこうな稼ぎになったのである。

冷えた白ワインだった。ふしぎなほどするする喉をつたって爽快きわまりなく、高校生のころ親の目を盗んで舐めたマテウスのロゼとも、小学生のとき舐めさせてもらった赤玉ポートワインとも違うすっきりと軽やかな味。白ワインってこんなにおいしいものなのか。つるつるごくごく、あのときのなめらかな透明感はいまでもわたしのからだのどこかに宿っている。ボーイフレンドのあの硬直した声も。

「まずいっ。もう八時半になってるっ。門限過ぎるっ」

とろんと目を泳がせながら白ワインを飲みつづけるわたしに向かって、緊迫した声が飛んだ。

「いま飛び出せばぎりぎり間に合う」

なんという責任感のつよい男だろう。手を摑まれて脱兎のごとく店を飛び出てふたり吉祥寺駅へ向かい、駅の階段を駆け上り、ホームに滑りこんできた電車に転がりこみ、肩で息をしながら国立まで二十分。しかし、急激にアルコールのまわったわたしは、すこしずつ青ざめていった。

オレンジ色の電車が国立駅に滑りこみ、扉から転がりでてホームの時計に目をやると八時五十五分である。

「タクシーに乗ろう。どうにか間に合う」

しかし、改札を飛び出たところで世界は崩壊した。わたしはばったりとくずおれ、意識はみるみる遠のいた。まずい。とんでもなくまずい。脳裏に赤信号がはげしく点滅するのだが、いっぽう、沼にずぶずぶと身を沈めて正体を失ってゆく心地よさがあった。輪郭が溶け、ゆうらゆうら彷徨う。わたしはうっとりと目を閉じた。はじめて知る快感だった。

——ふと意識がもどった。ここはどこだろう。わたしは誰だろう。うっすら目を開けると、わたしを取り囲むようにして人の輪ができている。心配そうにのぞきこむ視線とぶつかりそうになり、あわてて目を閉じながら必死でかんがえる。ここは駅前のロータリーではないのか。わたしはそこに倒れているのではないか？　すこしずつ事態があきらかになってくる。もしかしたら、駅の改札を出たわたしは、その場で——。

いやな汗がどっと噴きだしたそのとき。放射線状にのびる大学通りのむこうから、駅に向かってしだいにおおきくなるけたたましい音が鼓膜を震わせた。

「ピーポー、ピーポー」

サイレンの音がぐんぐん近づいてき、至近距離でぴたりと停止した。最悪の予感が頭をもたげたが、からだは言うことを聞かず、ぴくとも動けなかった。そしてわたしは白いヘルメットをかぶった白い上っ張りのひとたちに担ぎ上げられ、担架に移動させられて救急車に収監された。

頭上で、ボーイフレンドが救急隊員に修道院の場所を告げる声が聞こえる。「急性アルコール中毒」という声も聞こえる。ありえない展開だ。門限破りどころの話ではない。救急車を横づけし、酒の匂いをまき散らしながら修道院にご帰還か。世界から消えたかったが、打つ手もない。けたたましいサイレン音がわたしをあざ笑っていた。

救急車が止まった瞬間の窓の外の光景を、わたしはいまでも忘れることができない。鉄の門扉ごし、木のドアが跳ね開き、シスターたちが血相を変えてばらばらと階段を駆け下りてくる。街灯の光に照らしだされ、スローモーションのかかった異様な光景をわたしは簡易ベッドの上で薄目を開け、呆然として眺めた。

そこからさきの記憶はぷっつり途切れている。どのようにして救急車から降りたか、だれに介添えされて階段を上がったか、まったく記憶がない。ただひとつだけ覚えているのは、「申しわけありません」を繰り返すわたしに向かってシスターが放った静かなひとことだ。

「はやくお休みなさい。お話は明日聞きましょう」

わたしはきょうまで十八の夜のできごとを話したこともなく、書いたこともない。四十年かかってじわじわと事実を受け止めてきた。人垣に囲まれながら横たわった駅前のロータリーの地面の硬さを、わたしの背中は忘れてはいない。

ただ、わたしはずっと、こんなふうにも思ってきた。よのなかに「正しい側」と「正しくない側」の線引きがあるとするならば、わたしはあきらかに「正しくない側」または「だめな側」のほうに所属している。なぜなら、転がった地面は硬く冷たかったが、酔いの心地よさがそれらを快感に変えた。修道院から駆けだしてきたシスターたちに申しわけなく思いながらも、つぶやいていた――だめなことは、わるいことではない、たぶん。そのときの思いは、間違いなくわたしに決定的な刻印を与えたのである。

ザル女という噂

室井 滋

むろい・しげる
富山県生まれ。早稲田大学在学中に映画デビュー。テレビ、映画、舞台と幅広く活躍しながら著書を多数発表。絵本『しげちゃん』（長谷川義史・絵）『すっぴん魂大全紅饅頭／白饅頭』『東京バカッ花』『マーキングブルース』など。〝しげちゃん一座〟で絵本&ＬＩＶＥを全国展開中。

何故なのかよく分からぬが、昔から私には〝酒飲み〟の噂がつきまとう。

「すんごく飲むんでしょ？」とか、「芸能人酒豪番付ベストテンに、いつも楽勝入ってるって話じゃないですか」とか。

出会う人出会う人が名刺を差し出したおよそ三十分後には、かならずニヤニヤ笑いを浮かべてお酒の話題を振ってくる。

「いえ、私、そんなには……」

と一応恥ずかしそうに否定してみるが戻ってくる反応は決まって「またまたまたぁ、いける口なんでしょ？」なのだ。

おまけに私ときたら、女優になって最初にもらった賞だって、実は映画の賞や舞台の賞なんかじゃあない。

日本酒造組合からの〝日本酒大賞奨励賞〟だ。

この賞に選出された根拠というものも〝酒豪らしい〟という噂に基づくものらしかった。勿論、名誉ある賞は大喜びでいただいたが、それでも〝何で私？〟という疑問をその後もずっと胸の内に持ち続けている。

私はそんなに酒飲みなのか？

それは人から酒豪！　酒豪だね!!　と囁かれるほどなのか？

このエッセイの依頼だって編集部の皆さんからそう思われているためいただいたのか？

私はここでちょっと日頃の自分自身を振り返り、お酒嗜好度のようなものを検証してみたいと思うのだ。

確かにお酒が好きか嫌いかと聞かれれば、答えは〝不味いなんて思ったことはない〟で、いつもとても美味しいと感じている。

〝はい、好きですよ〟だ。

種類は何が？

私は日本酒も好きだし焼酎もいけるし、乾杯はやっぱり生ビールだし、食事によっては赤ワインにしたり白ワインを選んだり。シャンパンも好きで、銀座のシャンパン専門店『サロン・ド・シャンパーニュ・ヴィオニス』というBARにもよく顔を出す。流行りのハイボールも夏場はよく飲んでるし、しっとり大人の夜の会合には断然ウィスキーが良いと思う。紹興酒や梅酒や季節の果実酒、人参が入った薬酒も好き。体が弱った時には中国料理の『龍口酒家』に行きオリジナルの〝蟻酒〟を！　食用の蟻がプカプカ浮かんだこの白酒を飲めば、風邪なんかはもうその場で治ったりもする。

つまり私はお酒の種類は、何とはいわず何でも大丈夫というわけだ。

ここまでだと、私は噂通りの大変な〝酒好き女〟ということになってしまいそうだが、果たして量はどれくらい飲めるのだろうか？

……告白するのが心苦しいのだが、これもやっぱりヤバイ答え。

朝までずっと飲んでいられる。日本酒でも焼酎でも一升飲んでも一応大丈夫です。

「じゃあやっぱり酒豪女じゃん！」という声が聞こえてきそうだが、ここからが少々違ってくる。分かり易くこの先はQアンドA形式で進めることにしよう。

Q　あなたは毎晩、お酒を飲みますか？

A　いいえ、私は毎晩は飲みません。

Q　自宅では？　晩酌にビールやワインなど、一杯も飲まないのですか？

A　はい。お客様がある時は別ですが、普段の生活の中ではほとんど家では飲みません。

Q　本当ですか？　随分イメージと違いますけど……。

A　家で飲むのは本当に時々です。それも極めて少量。食事に合わせてディナー気分を味わいたい時だけ。二週間に一度くらいのものです。

Q　意外ですね。飲みたくならないんですか？

A　家ではちっとも。毎日することが多いので、酔ってられません。

Q　スタジオで撮影が終わるや否や自販機に駆けて行って缶ビールを開けてらっしゃる女優さんをお見かけしますが、あなたもそう？

A　いいえ。仕事の帰りにスタッフと居酒屋に寄ることはあるけど、仕事場では飲みません。

仕事中にといえば、以前、可笑しな出来事があったっけ。
あれは早朝、渋谷辺りの居酒屋を借りたロケだった。
ＯＬ役の私が同僚としこたま飲んで、へべレケに酔っているという夜のシーンを撮影していたのだが、本番になってグラスの中身が変わっていた。

さっきまでノンアルコールの『バービカン』というビール色の飲み物だったのに、何と今度は本物が入っているではないか!?

「ギョ、ギョ、ギョッ!?　これ、本物のビールじゃあないのさッ」

心の内でそう叫びながらも何とか演じ通す。

監督から、「ムロイちゃん、いい飲みっぷりだねぇ。OK～、OK～、大OKよ」の言葉をもらうや否や、出道具担当の女子スタッフのAちゃんに詰め寄った。

「Aちゃん、ヤバイよ、本物だったよ、あのビール。間違えてんじゃあない？」

慌ててコソコソ注意する。

しかし、この道五年目のAちゃんは何だか嬉しそうにただただ微笑み返しをするのだ。

「ウフフ、私ね、大ファンなんです。ムロイさんの。いつか一緒にお仕事するのを夢に見てたんですよぉ。もう、この番組に入って、嬉しくて嬉しくって。サービスですよ。サービス！　お酒お好きなんでしょ？　私からのプレゼント、ガンガン行っちゃって下さい。ウフフ、大丈夫。他の俳優さん達には注いでませんから。どうぞどうぞ楽しんじゃって下さいな」ときたもんだ。

これは絶対にありえない！

いや、お酒がお好きな年配の俳優さんなんかは、夜も更けてくれば「本物でいいのになぁ」とウインクして要求されることもあるが、スタッフは絶対にそれを許さない。よって、Aちゃんのサービスは本当に例外中の例外なのだ。

私はどうしようかと一瞬悩んだ。さすがに早朝七時からビールの一気飲みはまずかろう。Aちゃんは告白したからには、もうバービカンに替えるつもりはないらしい。このまま長ゼリフのシーンでも本物をグビグビ飲みながら演じられるだろうか!? 判断力がにぶって、NG連発になったらえらいことだ。しかし、私の目の前のグラスの中身が本物と知れれば、Aちゃんがこっぴどく叱られてしまうし、第一彼女の好意を踏みにじってしまうことにならないか？

私は結局、ドギマギしながらも、本物でお芝居を続けることにした。

早朝ビールの効き目は強烈で、いくら肝臓の強い私でも次第に頬っぺたが赤らむのが分かる。

監督はこの様子を見て、「凄いねぇ、チークが抜群に効いてるよ。本当に酔ってるみたいだ。いいよ、ムロイちゃん、その調子で、ハイ、ヨーイ、スタート！」と、ノリノリだ。

私は長い長い酔っ払いのセリフを心臓をバクバクさせながら喋り続けた。頬っぺどころか額にまでうっすら汗をかき始めたのは緊張のせいか、はたまた早朝ビールのせいなのか、すっかり渾然一体となって分からぬままに。

Q　その、スタッフの女の子もやっぱり誤解してる？

A　してる。私を根っからの酒好きと思って、大喜びするはずと思って、サービスしてくれたんですもん。もし私が〝クサヤ好き〟との情報を得ていれば、彼女、早朝だろうが何だろうが、しっかりクサヤを焼いたはず。そのくらいの勢いがありましたよ。

Q　肝臓が強いのが噂を呼んでる？

A　でも、いつもいつも大酒飲んでも大丈夫なわけじゃあ。私、「今日酔っちゃおう〜」と思えばシャンパン二杯でいい調子になれちゃいますから。

Q　酔うの？

A　酔いますよ。酔って楽しくなる。でもそれはお酒じゃなくてもなれるんです。ジュースでもお茶でも。だから日常的にずっと飲もうとは思わないんです。

Q　アルコールに依存する習慣がないんですね。

A　イエス！　アルコール依存度は0だと思います。私、明日この世から何かの都合でお酒が無くなっても、禁酒法の時代に戻っても何も困らないですもん。そりゃあ淋しいけれどね。

私の自問自答はこんなところだ。

御理解いただけるだろうか。私はお酒が好きだけれど、お酒に依存はしておらず、それを楽しむのも外食時や何かの集いの時に限られる。

私はとても健全な酒飲みで、楽しもうとする時だけお酒をそのアイテムとして登場させているといっても過言ではないと思う。

よって私のお酒はとても陽気だ。

勿論私自身はいつもいつも陽気なわけではなく、日常的には様々な悩みごとだってある。しかし私は悩む自分に、〝お酒〟を付き合わせようなどとは考えないのだ。

私は〃ヤケ酒〃とか〃酒でも飲まなきゃやってられない〃というのがあまり好きではないし、ストレスの捌け口にしたいという具合にもどうもならない。

若いうちはそうでもなかったが、自分がどんどんおばさんとして合理的なものの考えかたをするようになったせいか、今は本当に〃負の酒〃は飲みたくないのである。


少し前にこんなことがあった。

大学時代の友人京子が夜ベロベロになって携帯へ電話をかけて来るようになった。共通の友人から私の番号を聞き、久し振りに長話をしたのがきっかけだ。

彼女は地方の私立高校の教師をしており、

実家の近くで一人暮らしをしているとのことだった。数年前に離婚し、子供はない。日々教育者として頑張っており、お休みの日には趣味の編み物をする。その作品はバザーや地域の催し物会場で展示されていると彼女は生き生き語った。ところがその会話の後だ。十日程して再びかかり始めた電話は全て酩酊状態のものばかりになってしまう。

真夜中に私の留守番電話に向かって、わけの分からぬ話を延々ひとり語りする京子。それはどれも仕事に対する不平不満や、周囲の気にくわぬ人間に対する愚痴のようだった。

朝起きて留守電を再生させるたび、私は困り果ててしまった。彼女のその酔ったかげんがあまりにもひどいものだったので、どう返事をしてよいのやらと戸惑うばかり。翌朝には高校へ出勤しているのであろうから、酔いからはちゃんと覚めているはずで、その平常心の時に「ゆうべはゴメン！」などの電話が一切ないところを見ると、彼女は何も記憶していないのではないかと思われた。

私は直接京子に電話をする前に、そもそも私の番号を教えた旧友宏美に連絡をしてみることにした。

「宏美～ッ、久し振りね、元気？」

「ああシゲル、いつもテレビ見てるよ。一度飲みに行こうって誘うつもりだった」

「うん。行こう。そっちも忙しいだろうけど、たまには美味しいもの食べようよね」

「今日はどしたの？」

「うん。京子のことなの。連絡もらってさ、懐かしいねって喋ってたのよ」

「離婚したけど、先生はずっと続けてたから生活は安定してるみたい。元気よね」

「そう、元気そうだった。でも、お酒が……。ねえ、酒癖、彼女ひどくなってなあい？」

「留守電に喋りまくるんでしょ？　うちも一時毎晩だった。京子、ストレスがひどいみたいで……」

「離婚が原因？」

「ううん、彼女が別れたがったんだから、それは特に……。ストレスの原因はひとつには学校の生徒！　ひとつにはその父兄！」

「ああ、今、巷で評判のモンスターさん達ね」

「そんなの京子だけじゃないから、先生ならどこの人も抱えてるでしょ、そんな問題」

「そう聞くよね。私、そういう親の役やったことある。強烈な親」

「京子の場合、勤めてる学校が、私立なのよ。それが堪んないって」

「どういうこと？」

「だってメンバー全然変わんないじゃないの、私立って。生涯ほぼ同じメンツ」

「えっ!? あっ、そうか。公立なら県とかの教育委員会が関与して、先生の異動って毎年あるもんね。そっかぁ、私立はないのね」

「ないでしょう、私立なんだから。関連校とかがいくつもある所なら可能性あるけど、京子の所はそうじゃないみたいよ」

「つまり定年になんないと古い先生は辞めていかず、新任教師の採用もないわけね。そっか～、古い血のままかぁ～、それちょっと辛いかも」

「教科毎のグループ分けや、学年のグループがあって、そこの上下関係が大変らしい。嫌いな上司がずっと上司のまんまなわけよ」

「うまく行ってれば生涯ハッピーなのにね」

「京子のスコブル苦手なオッチャン先生が、ずっと直属の上司って悩んでたから」

「セクハラまがいのことや、嫌味言われてる？」

「かもね。おまけに別の若い女先生ともトラブったって。京子、辞めたいけど今さら他の学校に都合良く採用なんかしてもらえないって」

「生涯古ダヌキに悩んで、いつしか自分も古ダヌキ扱い受けて。辛いね。それで彼女、毎晩飲んじゃうのね」

「シゲル、京子の愚痴聞いてあげて。ちっとも悪気はないの。お酒にまかせてしか言えないいんじゃないの」

「うん。遠く離れてて何も力になってあげらんないものね。電話して話してみる」

私は事情を知ったうえで京子に電話をかけた。

夜八時。この時間ならまだベロベロにはなっていまいと思ったが、どうして、声の調子はもうすっかり酔い始めている様子だった。

私は留守電のメッセージを聞いて、心配になったと正直に告げた。

毎晩、うさを晴らしたくって飲むのかと尋ねると彼女は「あたり〜ッ！」と苦笑した。

今も大分酔ってんねと言うと「もうすっかり御機嫌よ」と返ってきた。

「若者じゃないんだから、週に一日ぐらい肝臓休ませなきゃ」

次第に私の口調が説教じみてきつくなる。

私は毎晩飲む量についても聞いてみた。

「うーんと、学校から帰るとダッシュで冷蔵庫へ直行〜ッ。コート着たまんま、まっしぐら。エヘへ、真冬でもさぁ、まずやっぱりビールよね。セン抜いて、ビンのまんま、らっぱ飲みしちゃう」

「……らっぱ……」

「三本ぐらい、冷蔵庫相手に飲んで、それからは寝るまでずっと、ワインとか焼酎とか。ワインなら二本は絶対」

「日曜は止めときなよ」

「や〜よ。日曜が楽しいんじゃないの。朝からずっとオールで飲める。編み物しながら音楽聞いて、ウィスキーをチビチビやるのよ」

「色々大変なんだろうけど、体、壊すわよ。飲んだからって元気になれる?」

「シゲル〜ッ、大酒飲みのあんたなんかに言われたかないわねぇ。ザルじゃん、あんたなんかさぁ」

「ザルって言った？　私が？　ザルぅ〜？」

「毎晩毎晩、花の東京で浴びるほど飲んでるくせに。ガバガバガバガバ、ザル〜」

「残念ながら私はもうそんなに飲んじゃあいないよ。学生じゃないし、おばさんだもの、次の日の仕事も朝早いから」

「うそよ〜だ。酒豪ってあっちこっちに書いてある。昔っからあんたはザル女じゃん。フンッ、ザル女に説教なんかさせないからね」

彼女の声の張り方は、明らかに鬱憤を晴らしているようなパワーがみなぎっていた。

本当はとても大人しい、優しい人だ。

こちらは何も腹は立たぬし、本気で喧嘩にもならぬ。

仕方がない、これが彼女独特のストレス発散法であるならと、私も学生時代に戻った気分で、しばし子供じみた言い合いに付き合うことにした。

「このウワバミ〜、ザル女め〜！」

「何おぅ、そっちこそッ」

ザル女を連発され、仕舞いにはウワバミとまで言われるとこちらも観念し、いよいよ挑発に乗って自分のお酒失敗談を電話口で披露するはめになる。

「エヘッ、まあね。私がいくらお酒強いったって、そりゃあたまにはやらかすわよ。盛りあがって知らない酔っ払いのハゲ頭にマジックでお陽さま印を描いたり、帰宅して家の扉が開いた途端、ジェットバスみたいな噴射でゲロゲロをうちの父ちゃんに向かって浴びせちゃったり。翌朝、着替えようとすれば、ブラジャーの中からタクシーの領収証や小銭がジャラジャラ出てくるし……。一体、何がどうなってそんな所にお金が入ってんのかまったく記憶がない。さすがに心配になるやら自己嫌悪になるやらするけど、それでも時間が経つと何故か笑い話になっちゃうの。きっと酔い方が派手だからかも〜。……ねぇ京子、あんたも一人で地味に飲んでんじゃなく、外でパーッとやったらどう？　先生達との忘年会で嫌なハゲ頭にカッパの絵でも描いてみたら？　スッキリするわよ〜。大人しいと思われてるから、いろいろ背負い込んじゃうのよ。京子先生って本当は凄い〜って見直させてやんなさい」

ストレス解消に悩む京子に悪知恵を授けたが、彼女が思いがけず楽しげに声をあげて笑ってくれたので、私は少しホッとした。

「一度上京したらどう？　宏美と三人で、それこそ大学の近くでザル大会しようよ」

「ウフフ、行く行く、すぐにでも行くわ」

せっかく飲むお酒は楽しい方がよい。そのことを、懐かしの地で京子に思い出して欲しいと思うのであった。

酒瓶にも警告ラベルを!?

中野　翠

なかの・みどり
コラムニスト、エッセイスト。早稲田大学政経学部卒業。出版社勤務を経て文筆業へ。著書に『小津ごのみ』『この世は落語』『TOKYO海月通信』『ズレてる、私!?平成最終通信』など多数。

「意外ですねえ」とよく言われる。いかにもお酒に強そうな顔をしているらしい。ところが私はお酒にはほとんど興味がない。呑めない。下戸なのだ。

それも先祖代々というのはオーバーかもしれないが、とりあえず父も祖父も下戸だった。味覚の問題ではない。体質的にアルコールを受け付けないようにできているらしい。従って、子供の頃から我が家にはお酒の類はほとんどなかった。料理用のものくらい。酔っ払いというのも身近で見た記憶もほとんどない。

それでも、お正月には世間並みにおとそがお膳に出た。私はちょこっと舐めるようにして呑むおとその独特の甘味は好きだった。それから赤玉ポートワインというのもあって、夏などこれを冷たい水で薄めて呑む。それも好きだった。そうそう、チョコレートのウィスキーボンボンも好きだった（今でもこれは好物でバレンタインデー近くになると出回るので喜んで買い込んでいる）。だから、私は父や祖父と違って酒好きになるのかもしれないとかすかに期待したのだけれど、幸か不幸かそうはならなかった。

大学生になってコンパとか、ちょっとした集まりなどではビールが出る。一口呑んだだけで、ああ、ダメだと思った。ウィスキーの水割りというのもダメだった。どこがどうおいしいのかまるでわからないのである。

そういう自分が許せなかった。なんだか一丁前の大人ではないかのようで。男友だちとはもっぱら喫茶店でコーヒーや紅茶を飲みながらおしゃべりにふけっていた。ところが他の女友だちはバーのカウンターなどで男の子としゃべっているのである。風のたよりから判断すると、どうも恋愛関係は喫茶店よりバーのほうで発生しやすいようだった。

私は必要以上に「かたい女」に見られるのがイヤだった。私が関心を抱いていた男友だちの何人かは新宿ゴールデン街に入りびたっていた。それで私も時どきゴールデン街に連れて行ってもらった。何とかして酒好きの女――ものわかりのいい、やわらかい女になりたかった。

同じような動機で煙草にも手を出した。最初の一本を喫った時は思わず目まいに襲

われてビックリ仰天したものの、二本目からは不思議とスンナリ受け入れられた。やっぱり体質としか思えない。父も祖父もタバコ派だったのだ。

お酒は「先に酔ったほうが勝ち」とか「酒の席の上のこと」という言葉があるけれど、ほんとうにその通りだと思う。酔った人はたいてい自分の言動をおぼえていない。いっぽう下戸で酔っ払うほど呑めない人間は一部始終をおぼえているのだ。

その事実を初めて思い知らされたのは、大学時代、酒好きの女友だちとスキーに行った時のことだった。夕飯の後お酒を呑んで（と言っても私のほうはほとんど呑んでいない）、さあ寝ようというので洗面所で歯をみがいていた時のこと、鏡の前で立ち話をした。何かおかしな話をしてお互いにゲラゲラ笑いあったのである。それなのに翌日になったら、彼女は何も覚えていなかった。歯みがきをしたことすら忘れていた。ささいと言えばささいなことだけれど、そんなことは初めての体験だったので私はショックを受けた。まるで幽霊と話していたかのようじゃないか。ゲラゲラ笑い合った、あれはいったい何だったんだろうと、肩すかしを食わされた気分だった。

そんなことで驚いていたのは、まったく序の口というやつで、酒呑みとは、まともなおしゃべりなんてできないものだ……ということを思い知らされることが、その後たびたびあった。くどくどと同じ話を繰り返す人、一方的に自分の思い込みばかりを押しつけてくる人、愚痴っぽくなる人……。

ここに書くのも気がすすまない、キタナイ話なのだけれど、酔っぱらいへの憎しみが頂点に達したことがあった。それは二十年くらい前のある夜、電車に乗っていた時のことだった。泥酔した男が近くにグニャグニャと立っていたので警戒はしていたのだが、案の定、その男がゲッと吐いた。その一部が、口惜しいじゃないの、背を向けていた私のパーカーのフードに飛び込んできてしまったのだ。タクシーに乗り継いで急いで家に帰って洗濯したのだけれど、（気のせいか）悪臭は消えない。涙を呑んで捨てましたよ。代官山のハリウッド・ランチマーケットで買ったお気に入りのパーカーだったのに!

私はお酒というのは一大文化だと思っている。料理にしても酒器にしてもマナーにしても、お酒というものを中心に古今の知恵や美意識が結集しているものだと思っている。けれど、このパーカーの一件のようなことに出合ってしまうと、そんな畏敬の念も吹っ飛んでしまう。

お酒に比べたらタバコは不当なまでに敵視されている。近頃はほとんどの飲食店が禁煙になっている。健康被害や火事といったマイナス点はあるけれど、お酒に較べたらまだしも安全なんじゃないだろうか。酒のうえでの暴行や痴漢行為や殺人といった例は多いけれど、ヘビースモーカーゆえの暴行や痴漢行為や殺人といった話は、まぁ、聞いたことはないじゃないか。タバコのパッケージに「喫煙は、あなたにとって心筋梗塞の(あるいは脳卒中の)危険性を高めます」うんぬんと大書するくらいなら、それより先に、お酒のビンのラベルに警告メッセージを大書きすべきじゃないだろうか!?と冗談半分にだけれど思ってしまう。

お酒とのつきあいは浅いまま、それでも長い年月が経った。自然と私流のお酒の愉しみ方ができてきた。

ビールはちょっと口をつけるくらいでごまかす。ウィスキーは水割りではなくロックで呑む。料理中心で、何か少しお酒っぽいものが欲しいという時は果実酒かリキュールをロックで。ワインは一杯だけならおいしく呑めるけれど、それ以上はダメ。

私は時どき考える。泥酔したら私はいったいどういう「私」をさらけ出すのだろうか、と。きっと見苦しく情けない「私」が飛び出してくるかもしれないなあ。けれどちょっと考えてみれば、私は泥酔すること自体ができないのだから、「もし泥酔したら」という、この仮定は現実には成り立たないのだった。ああ、よかった!?

名女優

西 加奈子

にし・かなこ

一九七七年、テヘラン生まれ。二〇〇四年、『あおい』でデビューし、二〇〇五年、『さくら』がベストセラーになる。二〇〇七年、『通天閣』で織田作之助賞を受賞。二〇一三年、『ふくわらい』で河合隼雄物語賞を受賞。二〇一五年、『サラバ！』で直木賞を受賞。小説作品に『きいろいゾウ』『しずく』『炎上する君』『円卓』『漁港の肉子ちゃん』『まく子』『おまじない』など。エッセイに『まにまに』など。

生まれて初めて演じたのは、幼稚園の年少の頃だ。「手ぶくろを買いに」の、子狐のお母さん役だった。

私は狐の耳としっぽをつけ、苺模様のエプロンをまとった。そして、「ぼぉやぁ、ひとりで街ぃまでぇ、手袋を買ぁいにぃ、行ってちょうだぁぁあい。」という歌を歌った。とんでもなく悲しいメロディで、歌いながら、このあまりにポップな苺エプロンとの乖離！（もちろん、そのような言葉は知らなかったが）と、思ったのを覚えている。

次に演じたのは、同じく幼稚園の年長、「アラジンと魔法のランプ」のアラジンだった。

主役を名誉に思うべきだろうが、本当は、宝石の妖精をやりたかった。白やピンクの、可愛らしいチュチュを着られるからだ。しかも、アラジンは五人おり、私の演じ

って、

たのは、洞窟に閉じ込められ、泣きながらランプをこす

「誰かぁああ、助けてぇえええええ。」

と泣き叫ぶアラジン、彼の人生の中でも、最もみっと

もない瞬間だった。魔人役も五人いて、私は魔法のカー

ペットに乗るかわり、彼らの作った腕神輿に担がれて舞

台袖に消えた。恥ずかしかった。

小学校一年生で、カイロに行った。日本人学校だった

が、学芸会があり、そこでも演技をした。

一年生のときには、「赤、白、黄、青」という劇をや

った。それぞれの色が、それぞれの色の良さを、歌でも

ってプレゼンし合うという内容だ。見ようによってはラ

ッパーのバトルのようでもあるが、見ている側は、つま

らなかったのではないか。

結果は皆の予想通り、それぞれいい色、どの色も必要

だよね！　という話だった。四色から零れ落ちた色はどうなる、と思っていたが、持ち前の真面目さから、全力で演じた。

私は赤だった。

「赤、赤、赤色、燃える火の色赤色、輝く朝日の昇る色、赤、赤、フレ、フレ、赤！」

と、赤い旗を振りまわしながら歌った。赤は好きではなかった。

二年生のときは、演劇をやらず、舞台にあがって、クラス皆で九九の歌を歌った。それで事足りたということは、クラスが九人だったのだろう。出来る劇も限られていたのだ。

それにしても、やはり、我が子とはいえ、舞台でただ九九の歌を歌うだけとは、両親もがっかりしただろう。五の段を歌った阪元君という男の子が、随分のんびりし

た歌い方をするので、メロディに乗り遅れる、もっとはやく！　と、ハラハラしていたのを覚えている。

三年生のときには、「六人の泥棒」という劇をやった。私は泥棒役だった。カイロでのこと、舞台道具なども乏しく、衣装は基本自前であったため、他の泥棒役の子たちは、黒やグレーの、闇に紛れる服を着てきたが、私は何を思ったのか、上下ピンクのジャージを着た。桃色ではない、目の覚めるようなショッキングピンクである。

当時一緒に泥棒をやった安達という友人に、今でも、「あのときどうしてあの色を着たんだ。」と言われる。私もそう思う。

四年生のときは、宇宙人の役をやった。

クラスに転入生としてやってきた私だが、ものも言わず、うなずきもしない。あの子は変だ、ということになったところでいなくなり、声だけで、皆にメッセージを読む。「私は実は宇宙人で……」というようなものだ。何それ。

前半はまったく台詞がなく、後半の長台詞は舞台裏で台本を読むので、とんでもなく楽だった。楽だったので、タイトルを覚えていない。やはり人間、何かを残したかったら、苦労をするべきである。

五年生で日本に戻って来たが、それ以降、演劇で何かを演じた経験がない。学芸会のようなものはなかったし、演劇部にも入らなかったからだ。

だが、日常で、何かしら演じていた、という記憶はある。

例えば両親に対して、私はいつまでも「子供」であろうとしていた。

思春期がはじまると、ほぼ同時に反抗期が始まり、「もう子供じゃないんだ！　ほっといてくれ！」的な意思表示をする同級生が増えていたが、私はそうではなかった。両親に反抗する気持ちもなかったし、それどころか、好きなバンドのCDを部屋で聴いていたり、色つきのリップを塗ったりしているのを見られ、「あの子もだんだん大人になってゆくのね。」と思われるのが、嫌だった。私はなるだけ、「そういうこと」を隠した。両親の前では、いつまでも「加奈ちゃん」でいたかった。甘えていたのだ。

それは思春期に限った話ではない。小学校の頃、動物園で写生をするという授業で、きりんを描いた。絵が得意だったので、本当は、ものすごく緻密にきりんを描きたかったが、「子供らしくないのでは。」という危惧から、わざと大きく、ダイナミックに描いた。子供ながら、自分の姑息な作戦が嫌だったが、先生にその絵を褒められたときは、もっと嫌だった。自分の卑怯が、世に認められてしまった瞬間だった。

子供ぶるのは、今もそうだ。さすがに両親に対しては改めたが、例えば、田舎に行き、四十年間苺だけを育てています、などという爺さんに会った場合だ。もぎたての苺を差し出され、ほおばるとき、自身のビジュアルイメージは、ハイジである。

「わあ、おじいさん！　なんて美味しいの！」

私は三十四歳だ。

子供ぶるだけではない。深刻な相談を持ちかけてきた人には、道理の分かった大人のふりをする。あなたが選んだ相談の相手、この私で間違いはなかった、とでも言わんばかりにうなずき、良きところで相槌を打ってやり、「ええこと」を言う。声も、若干低くなっているように思う。そのほうが説得力が増す、と、どこかで聞いたことがあるからだ。

なんでも拾ってくれる友人の前では、延々ボケ倒すし、天然気味の人たちが多ければ、徹底的に突っ込みにまわる。恋人の前では、一番美人で可愛い自分でいたいし、編集者や業界の偉い人の前では、頭のいい自分でいたい。

「演じている」という自覚がないままに、私はどこかで、対峙する人によって自分を使い分けているのだと思う。

さて、酒席の話をする。

やっとか、とお思いだろうか。だが延々長い「演じる」という前ふりは、酒席での態度に、大いに関係していると思うのだ。

皆、酒に酔うと、さまざまな様相を呈する。一番多いのは、笑い上戸か。とにかく楽しくなってきたり、気が大きくなったりするタイプだろう。

気が大きくなるといっても、違うふうに大きくなり、誰彼構わず喧嘩をふっかけてしまうアッパーな人もいるし、気が大きいとか関係なく、とにかく暴力的になる人もいる。いわゆる、虎になる、という人だ。

泣き上戸もよく見る。こちらも酔っているものだから、いつの間にそのような話になったのか分からないが、気がついたら幼少期の辛かった話や、別れた恋人の話になっていたりして、さめざめと泣く人である。

説教する人もいる。何かしら説教の種、いや、種とも呼べない、粒みたいなものを見つけ、「お前はだからいけないんだ！」と突っ込んでくる。あくまでも、怒っているのではないというのがポイントだ。「そんなお前が、ほっとけないんだ。お前のためを思って言うんだ。」というスタンスを崩さない。中には、そこから派生して、口説きにかかる大胆な輩もいる。大概失敗している。うざいからだ。

それぞれの酔い傾向は、やはりそれぞれの特性であると言えるが、果たしてそれだけだろうか。私は、知らぬ間に、脳が「演じろ」と命令しているのではないかと思う。「お前の酔いの傾向はこうである。なのでこうしろ。」

と。

無意識レベルの話をしたら、じゃあ性格とかすべてそうではないか、と言われるだろうが、私は特に「酒が入る」という行為によって、それが顕著になるのではないかと思っている。バレエダンサーでいえば、トゥシューズを履いた瞬間、歌舞伎役者でいえば、隈取りを描いた瞬間。酒を飲む行為は、そのような、「舞台に上がる前のスイッチ」であるように思う。

泣き上戸も虎になる人も、説教癖のある人もそのついでに口説いてしまう人も、その癖《へき》により、今まで散々失敗をしてきたはずだ。もしかしたら、そのせいで友人関係がぎくしゃくし、ともすれば友そのものを失ってしまった人もいたかもしれない。

今回は酔うまい、いや、酔ってもほどほどにしよう、そう思っていても、また「スイッチ」が入り、「泣く自分」や「怒る自分」、「説教し、あまつさえ口説いてしまう自分」が、舞台に立っているのである。

そんなもん演じたくなかったら、意志を強く持ってたらええやんけ、とお思いの方もいるだろうが、どういうわけか、「お酒」というスイッチは、恐ろしいほどに強く我々の背中を押し、舞台に立たせてしまうのだ。名マネージャー、そして悪魔だ。

では、それぞれが演じる「それぞれ」は、どこで決定するのだろう。

昔、知人にこういう話を聞いた。酔い方は、初めて泥酔したときに決まるそうである。初めて酔った、ではない。泥酔だ。

大概の人が笑い上戸、気持ちが大きくなり楽しくなるのは、アルコールのとても一般的な効用である。それに、お酒は大体楽しく飲むもの。泥酔しても、なんだか楽しかった、というほうが多い。その記憶が脳に残り、律義な脳は、アルコールというスイッチが入るたび、わざわざその記憶の引き出しを開けてくれるのだそうだ。

だが、初めて泥酔したのが、失恋したときであったり、なんだかものすごく腹の立つ出来事があったときであったり、自分以外の誰かが大きな失敗をしたときであったなら、それが強烈であればあるほど、脳みそはその引き出しを開けるのだそうだ。なるほど。そういえば泣くのも怒るのも説教するのもエロくなるのも、ほとんど泥酔しているときに起こる。自分自身を失うほどでなければ、演技なんて出来ないのだ。

問題は、「演じ分け」が出来ないところである。

例えば通常の演技では、カット！　と言われれば泣きやむし、日常の演技でも、「あれ、この場でこれは求められてない？」と思えば、方向転換が出来る。

だが、泥酔スイッチの泣く人は、もう、どうしたって泣く。楽しい話をしていても、気がついたら泣いている。なんだったら、店員を見て、

「こんな時間まで働いて、かわいそう……。」

と言って泣く。泣け、と、脳が命令しているからだ。どんな状況であれ演じるのがプロだろ！　と、そう言われているのだ。誰に迷惑をかけようが、白い目で見られようが、「泣く」という演技を課されている以上、泣くのである。

役者が、ひとつの作品が終わっても、その役から抜け出せなくなることがあるらしい。憑依タイプの役者だ。いわば先の泣く人や怒る人、説教する人は、生粋の天才役者なのだ！

無理がある。

ここまで書いたが、やはり無理がある。

天才役者って……。ただ酔うて迷惑かけてるだけやん。

だが、そうまでしてかばわないと、やっていられないのだ。何故なら私もよく、

「どうしてああなるのが分かってるのにやめられないの！」

と、怒られるからだ。

「あれはあたしじゃない。あたしが演じた誰かよ。」

と、大女優風に、アンニュイに言いでもしなければ、少なくともそう思わなければ、辛すぎるからだ。生きてゆけないからだ。

私の場合は、大概は楽しい酒だ。と、思う（私と飲んでいる人が、このエッセイを読みませんように）。だが、楽しさが過ぎて調子に乗り　人を呼び出しておいて帰ったり、どこかでどこかを強打したり、色んなものをなくしたりして、多大に後悔する。

あとは、先の通り気が大きくなって、思ってもないことを言ってしまったりする。

これがのちのち、一番辛い。そういうとき、

「だって、あなたあのとき、ああ言ったじゃない。」

そう言われても、困るのだ。なんていうか、その場の雰囲気というか……、そういう台詞がまわってきたもんやから……。

酒を飲まない人や、「ほどよく」酔える人は、よくこう言う。

「酔ったときに言うことって、真実なんでしょ！」

そして怒る。

「だからあのときあなたが言った、私のおでこが平らで変態だ、ていう言葉は、あなたが思っている真実なんでしょ！　私のおでこは平らで、それで変態なんでしょ！」

それは……その場を盛り上げる役をマネージャーに命じられたからで……、だから、あの、あ、あれを言ったのは私ではなく、私が演じた誰か、なの！

女優って、辛いわ……。演じた役柄を、真実って思われるんですもの。

「じゃあ、お酒を飲まなきゃいいじゃない！」

待って。

バレリーナにとって、歌舞伎役者にとって、舞台は人生そのものなの。トゥシューズを、隈取りを捨ててしまったら、あたしは、あたしじゃない。

なんだか、結局色々な人に謝らなければならない結果になってしまった。でも誰より、バレリーナと歌舞伎役者の人、ほんまごめんね。

ひとりでお酒を飲む理由

山崎ナオコーラ

やまざき・なおこーら

一九七八年、福岡県生まれ。國學院大學卒業。二〇〇四年「人のセックスを笑うな」で文藝賞を受賞しデビュー。小説に『カツラ美容室別室』『論理と感性は相反しない』『長い終わりが始まる』『男と点と線』『ニキの屈辱』『ネンレイズム／開かれた食器棚』など。エッセイ集に『指先からソーダ』『男友だちを作ろう』『かわいい夫』『太陽がもったいない』など。

最近、仲良くなった人がいる。四、五年前からの知人だが、この一、二年の間で、一緒に美術館に行ったり散歩したりしているうちに距離が縮まった。お金のない男で、六畳一間の古いアパートに住んでいる。部屋は一階にあり、車道からすぐに入ることができる。

仲良くなったあとは、夜中の二時に電話をかけても、すぐに電話口に出て「待っているよ」とにこやかに言い、タクシーで乗り付ければ、すぐにドアを開けて迎え入れてくれた。私は電話が苦手で、なかなか勇気が湧かず、かけられない。だから滅多に電話を使わないのだが、昨年からひとりでバーに行くようになり、ギムレットを飲んだあと、勢いでかけた。これを二回ほどした。迷惑だろう、と反省したのだが、三回目もかけた。

三回目は、出なかった。嫌になったのかもしれない、寝ているのかもしれない、と思い、その日はそのまま自宅へタクシーで帰った。自分のマンションに着いたら、すぐにパジャマに着替えて、昏々と眠ってしまった。

翌朝、携帯電話には、夜中の着信履歴が二つほど残っていて、「だいじょうぶ？」というメールもあった。迷惑というよりも、心配をかけたようだ。悪かった。夜、男の仕事が終わったあたりに、電話をかけて無礼を謝った。

すると、男はこう言う。

うたたねしていて着信に気がつかなかったが、気がついてからは起きていようと頑張った。かけ直しても出ないから、心配した。しかし、眠気に勝てず、布団に入った。ただ、来るかもしれないと思ったので、鍵を開けっぱなしにしておいた。

「え、鍵を開けたまま寝たの？」

と私が無防備さに驚くと、

「うちには盗られるものはないし、こんな家を狙ってくる泥棒はいないと思う。それより、これに懲りないで、また電話をかけて欲しい。夜中でもいいから」

と男は言う。

盗る物がないということは外観からはわからないし、悪い人は一階の部屋に入るのではないか、と思った。私は懲りた。

私のせいで強盗に入られたらたまったものではないので、もう電話をしないことにした。

さて、なぜ私がバーでギムレットを飲んでいるのかというと、こういうわけである。

ひとりで、重いドアを開けたい。

そして、自分でお金を払いたい。

私は三年前に三十歳を超えたのだが、その辺りから、「私はこのままずっと、ひとりで生きていくのかもしれない」と思うようになった。もちろん、仕事仲間や友人たちの世話になっているし、商店街の店員たちや鉄道会社の社員たちに助けられながら、生活をしたり出かけたりしているので、まったくの孤独ではない。ただ、いわゆる「結婚」や「出産」とは縁がないのかもしれない、というのを感じるようになったわけだ。私は人間的魅力を備えておらず、また、人と関わるのが得意ではない。

元来、私は気が弱い。人見知りでもある。変わったペンネームで仕事をしているせいで豪快なキャラクターを想像されることが多いのだが、実際は風貌性格共に地味である。小学生の頃はクラスで一番大人しく、教室ではまったく喋らなかった。勉強はできたので学校が苦痛ということはなかったが、人と交わりたいという欲求が薄かった。頭の中で空想したり、読書をしたりできれば十分だったので、このままずっと、こういう風に過ごしていけたら嬉しいのに、と思っていた。社会生活が営めるとは到底思えなかったので、大人になるのが怖かった。そして中学生になって、ホーキング博士に傾倒し、宇宙のことばかり考えていたら、頭が爆発した。小学三年生から通っていた学習塾を、中学二年生でやめてしまい、そこからは成績が落ちた。高校は第三志望、大学は第七志望に進んだ。読書は好きだったので、大学四年生のときに小説を書いてみた。その後も、会社勤めをしながら書き続け、二十六歳で作家になった。

そのときは、これで本の世界のことだけ考えていれば済むのだ、と、ほっとした。だが、実際には、作家の仕事も人間関係なくしてはできないことだった。編集者と打ち合わせをしなくてはならないし、作品発表後は会ったこともない人たちからあれこれ言われるのに耐えなくてはならない。理不尽なバッシングや中傷もあり、意に反して若い頃よりもさらに人と交わらなくてはならなかった。苦しい生活が始まった。

私は疑心暗鬼になり、編集者も友人も皆が陰で私の悪口を言っているのではないか、と考えるようになった。なかなか本音を伝えることができないし、新しい人と打ち解けようという気持ちになれない。他人が怖かった。

そういうわけで、結婚や出産は到底できない、と考えるようになったのである。ちょうどその頃、世間で「婚活」「アラサー」という言葉が流行り始めた。私が子どもだった頃はむしろ、「結婚しないで生きていく女」の力がかっこ良いように、テレビや雑誌で言われていたように記憶している。しかし、長びく不況の中、人々は連帯を望むように変化したらしい。「三十歳前後の人は、結婚活動に勤しんで、将来に備えるべき」という考えが主流になった。自分にはできないように感じられたが、皆が結婚していく中、努力をしなくても良いのだろうか、そういう疑問は湧いた。

そんなある日、友人が、公務員の男性を紹介してくれた。友人カップルと、四人で食事をした。紹介された人は、世間で言うところの良い大学の出身で、性質は優しそうだった。次は二人で会うことになり、再び出かけた。その人は、高い和食をごちそうしてくれ、仕事の話や、結婚の話をしてくれた。競争が苦手なので公務員を選んだこと、仕事自体はあまり楽しくないが収入があるので今は趣味を頑張っていること、親が心配するので結婚を考えるようになったこと。私はそういう話を聞くうちに無口になってしまった。会話はまったく弾まないまま、しゃれたバーに移動すると、その人はドアを開けてくれた。私はカクテルの名前をまったく知らなかった。そこで、「弱めのものを」と頼んだ。気詰まりな空気のまま一杯だけ飲んで、その人と別れた。そして、電車に乗った。

私は、競争しながら仕事をするし、親は安心させなくていい。そういう気持ちが強く萌してきた。私は、友人たちや紹介された人とは、人生に対する考えが違うのかもしれない。

結婚しなくていい。

金は自分で稼ぐし、自分の食事や飲み代は自分で払いたい。

旅行は自分で手配したいし、バーのドアは自分で開けたい。

連帯を賛美する風潮の中、世間と逆行する生き方になっても構わない。

それが自分なのだ。自己認識を改めた。電車を降り、自分の住んでいる街を歩いた。

そのときふと、「私はまだ飲める」と感じた。私の体にはもともと、アルコール耐性がある。ひとりで飲んでみようか、と閃いた。それまで、私は外へ出て、ひとりで酒を飲んだことがなかった。ひとり暮らしを始めた頃に部屋で缶ビールを開けたことならあるが、なんだか侘びしい気持ちになり、それに仕事の邪魔にもなるので、冷蔵庫に酒は入れないことに決めた。酒を飲む、ということになんとなく罪悪感を持っていたし、堕落するのが怖いのでできるだけ酒とは距離を置きたいとも思っていた。だが、たまに、日常から脱出したくなることがあり、アルコールを欲してしまう。それを、かならずしも我慢しなくても良いのではないか、と急に思った。友人や恋人がいなくても、飲んでもいいのではないか。今、飲みたい理由は、寂しさではなく、自立への欲望からだった。今日は、飲んでもいいような気がする。

これまで何度も通り過ぎながらも、開けたことのなかったドアの前に、私は立った。入る勇気がなかなか出ず、しばらく逡巡した。それから意を決し、ドアを押した。想像していたよりも、ずっとドアは重かった。

いわゆるオーセンティックバーには、メニューがない。

私はそれを知らなかった。そこで、席に着いたあと、しばらく待っていた。

「ここはメニューを置いていないんですが、どのようなものがお好みですか」

とバーテンダーが優しく尋ねてくれた。髪の毛はしっかりと固めてあり、蝶ネクタイはぴんと張っている。

「では、辛めのものをお願いします」

私はなんとか体裁を作って、低めの声でそう伝えた。

「かしこまりました」

バーテンダーはシェイカーを振り、足つきのグラスに透明の液体を注ぎ、足に指を添えて、すっと私の前に滑らせた。

私はグラスを乾し、店をあとにした。

それがものすごく嬉しかったのである。自分でドアを押せたということ、自分で注文ができたこと、自分で会計を済ませられたこと。腹の底からふつふつと喜びが湧いてきた。初めてひとりで海外旅行をしたときの気分に似ていた。


それから、私は、バーについて書いてある雑誌や書籍を買い求め、勉強するようになった。カクテルの種類、ウィスキーの種類、ショートとロング、かっこいい会話、スマートなバーの使い方、だんだんとわかってきた。

そして、銀座、新宿三丁目、青山、六本木、と私は足を伸ばした。新しい店に入るときはいつも緊張する。店の前に行っても、なかなか勇気が出ず、しばらく辺りを散歩して、もう一度店の前に立ち、ドアに手を触れ、それでも押せず、もうひと回り散歩をして、今度は立ち止まらずにそのままの勢いで、えい、とドアを押す。薄暗い店内に足を踏み出す。

背筋を伸ばして店内に進み、どっしりとしたバーカウンターに着き、

「ギムレットを」

と頼む。

私は、初めて入るバーでは「ギムレットを」、ウィスキーなら「カリラをストレートで」と言うことにしている。自分を鼓舞するためだ。かっこつけて、「バーに慣れていま

す」という顔をする。

ギムレットを注文すると、「お好みのジンはありますか?」と聞かれることがあるのだが、これにはまだ、上手い答えを用意できていない。ジンの種類をこれから覚えたい。

二杯目は、バーテンダーの手の空きの具合を上手く見極めて、声をかける。これは、場慣れた客を見ていると「お手すきのときに」と添えて注文していて、それがかっこ良かったので、真似しているのである。ひとりで店を回しているバーテンダーは、会話をし、シェイカーを振り、注文を聞き、会計をし、グラスを洗い、グラスを磨き、淀みなくくるくると動いている。しかも、動作には歌舞伎の見得のように、見所がある。その動きを止めずに、上手いタイミングで注文できたときに、「あ、いい客になれたかも」と思える。

それから、あまり長居せずに帰る。これは、バーの本に、「さっと帰るのがかっこ良い」と書いてあったからだ。二、三杯をさらりと飲んで、三十分ほどで店をあとにする。バーテンダーと会話をするとしても、世間話はしない、スマートな雑談をする。こちらの情報はあまり伝えないし、相手のことも詮索しない。

これを何度か繰り返しているうちに、日常に隙間が持てたような、自立して生きていく勇気ができたような気持ちになり、生き易くなってきたようだ。

ただ、こういうことを懸命にしているのは、時代に逆らうことだろうな、とは思うのである。連帯や絆が美とされ、質素倹約が謳われる風潮の中、ひとりで酒を飲み、金を遣うということは、誰からも褒められることではないだろう。

ただ、私の場合は、この生き方が、向いているのだ。ひとりで入れるという自信、自分で支払えるという余裕、それを実感すると、人生が作り易くなる。

このように、「ひとりでどこにでも行ける」という自信が高まってきた頃、私は、件の男と、美術館巡りや散歩をして、仲良くなったのである。

私が、この男とは上手く関係を築ける、と思った理由は、男が金を持っていなかったからかもしれない。私は、この男におごってもらうことはほぼない。相手を頼る関係にならずに済む。

そして、収入が少なめとはいえ、男はきちんとした仕事に就いていた。自分の仕事に誇りを持ち、毎日働いている。この仕事しかできない、と考えている。欲はない。

自分の生活に満足している。そして、必死で社会参加をしている。また、親から自立していたことも良かった。結婚して親を喜ばせたい、安心させたい、といった欲求がない。結婚は、自分のためにしたいと考えている。

そういったことを、私は好もしく感じたのである。

ただ、男は酒に弱かった。だから、私たちは一緒にバーに行くことはほとんどしなかった。


しかし、今年の元日のことである。

夕方、湯島天神へお参りにいくと、参拝者の長い列ができていた。最後尾に並び、震えながら順番を待つ。参拝が済むと、絵馬を買い、「素敵な小説を書きます」と書き込んで、結わえ付ける。男も何やら願い事を書いていた。気がつくと空が重い。すぐに夜が始まった。

電車に乗って帰ろうとしたが、なんとなくもの足りない正月であるように感じられ、乗り換えをする東京駅のプラットホームでふと、

「イルミネーションを見ようか」

と私は提案してみた。

「え、やっているの？」

「たぶん、丸の内周辺は毎年やっている」

「でも、今年は節電が叫ばれているからな。どうだろうか？」

「エコの電球でやっているかもしれない。調べてみる」

私はポケットからｉＰｈｏｎｅを取り出し、検索してみた。はたして、エコのイルミネーションの情報が現れる。

「よし、行ってみよう」

男は改札を抜けた。私もあとを追う。

例年よりは儚げな光が、道を囲んでいた。厳粛な気持ちになる。

しんと静かである。ブランドの店は閉まり、空気は清浄、温度は低い。

マフラーに顔を埋め、黙ったまま歩いた。

「このままこの道をまっすぐ行くと、帝国ホテルがあるかもしれないね」

「そう？」

「ねえ、私がおごるから、ちょっとバーに行ってみようよ」

私は誘った。新年ということで気持ちが高ぶっていた。

「うん」

男はついてきた。

「お正月でもやっているよね、ホテルだから」

私はつぶやいた。

「そうだよね、旅行者がいるはずだものね」

男は頷く。

「『甘めで弱めのものをお願いします』ってバーテンダーに言えばいいよ」

「うん」

「オレンジジュースが好きなんでしょ？　スクリュードライバーは？　あと、ワインを果物で割ったものが好きなんでしょ？　アメリカンレモネードは？」

私はアドヴァイスした。というのは、男は居酒屋へ行くとカシスオレンジを注文し、イタリアンレストランに入るとサングリアを飲んでいたからである。

「わかった」

男は神妙な顔で頷いている。

帝国ホテルに着くと、

「背筋伸ばして、堂々と歩いた方がいいよ」

と私はまた男にアドヴァイスした。

「そうする」

男はすっと背骨を伸ばす。こういう素直なところが、私は好きだ。

ロビーを抜け、階段を上り、オールドインペリアルバーへ向かう。

中には、立ち働く人が七人いた。すべての人が「バーテンダー」という役職なのかはわからない。上着を羽織っている人と、ジレのみの人がいる。

私が普段ひとりで行っているところは、個人経営のバーばかりだ。ホテルのバーというのは、これが初めてであった。しかし、顔に出さないようにして、いつものように、「バーに慣れています」というゆったりとした笑みを作り、コートを脱がせてもらった。

元日なので客は少ないが、それでも、カウンターには五、六人の客がいる。皆、高級そうなスーツや、それなりのブランドのワンピースを着ている。

席に着くと、前髪を固めた若いバーテンダーがメニューを開こうとしたので、それより先に、

「ギムレットを」

と私は注文した。

「僕はスクリュードライバーで」

と男が言う。

まるで演劇である。私と男は、金のなさそうな服装をしている。とはいえ、失礼なほどの格好ではない。背筋を伸ばし、場に馴染みさえすれば、迷惑はかけないのだ。

「ジンは何にしましょうか?」

「お任せします」

するとバーテンダーはボンベイ・サファイアを取り出し、グラスを並べ、カクテルの準備を始めた。私の心に楽しさが広がる。シャンデリアの光を受けて輝くシェイカーを眺める。

バーテンダーがすっと私の前にグラスを押し出す。

カウンターは、ひとりひとりの手元に丸く光が当たるようにライティングをされて

いた。きらめくグラスと液体に、心が躍る。

ひと口飲むと、男の人の味が広がる。私は前々から、ジンという酒の味を、「男の人の味」と認識していた。整髪料の味に似ているのかもしれない。整髪料を飲んだことはないのだが。ともかくも、フォーマルな装いをした男性、というイメージが頭に浮かぶのだ。

男は、スクリュードライバーを飲んだあと、バーテンダーに聞こえないような小さな声で、

「苦い」

とつぶやいた。

「え？　これでもアルコールが強い？」

私は驚いた。

二杯目、男は「何かフルーツを使った、甘めのものを」と言い、私は「マティーニを」と伝えた。

最近読んだ面白い文庫本の話、昨年の単行本の中で一番素敵だった装丁の話などを、ぽつぽつ喋りながら、ゆっくりとアルコールを摂取する。次第に陶然としてくる。

今日はケではない、ハレの日、という気分になる。正月を満喫できた。

隣りの男は、私が楽しそうなのを見て、満足気だった。つまり、つき合ってくれたのだ。私は感謝する。

男と一緒にバーに入るのは、もう十分だ。正月だったから、特別に連れてきたが、やはり次からは、ひとりで行こうと思う。

これは、思想でもなんでもない。

単に、性格として、人に頼ったり、行動の全てを人と共にすることが、苦手なのだ。他の人たちは、連れ立って出かけた方がいい。その方が絶対に幸せになれる。私は幸せにならない。後ろ指をさされても、賛同を得られなくてもいい。私は自分でドアを開けたいし、自分で金を払いたい。そういう風に生きるのが好きだ。

男の周囲の人たちは、こういう私を嫌に思うかもしれない。一緒に行け、と思うだろうし、私を冷たいと捉えるかもしれない。だが、男本人は納得しているし、私を理解してくれる。

私は男と家族になっても、バーや旅には、ひとりで行こうと思う。

下戸一族VS飲酒派

三浦しをん

みうら・しをん
一九七六年、東京生まれ。二〇〇六年『まほろ駅前多田便利軒』で直木賞を、二〇一二年『舟を編む』で本屋大賞を受賞。小説に『星間商事株式会社社史編纂室』『あの家に暮らす四人の女』『愛なき世界』、エッセイ集に『お友だちからお願いします』『悶絶スパイラル』、書評集に『本屋さんで待ちあわせ』など、著書多数。

酒の話をするのはつらい。自らの恥について語るのと同義だからだ。

三十代になってから、泥酔すると記憶を失うようになった。特に、ビールやらワインやら焼酎やらを飲んだあと、最後に日本酒が来ると危険だ。

あるときは、深夜に知人の家に押しかけたらしく、目が覚めたら寝袋に収められていた。「しまった、やらかした」と思い、知人に詳細を聞くと、私は家に押しかけたのではなかった。迷子になって夜中に知人に電話をかけ、どことも知れぬ街道までタクシーで迎えにきてもらっていたのだ。迷惑の度合いが、より高い。知人の家に到着しても、蛇のごとく床を這って逃げるので、足をつかんで寝袋に収納したとのこと。ほんとにすみません。

蛇といえば、便器を守護する大蛇のように、トイレの床にとぐろを巻いて横たわっていたこともあった。しかも、用を足したあとに力つきたようで、下半身裸だった

(ジーンズとパンツはトイレの外に脱ぎ捨ててあった)。このときは、下半身の衣服とともに前夜の記憶も完全にすっぽ抜けたらしく、目が覚めた瞬間パニックに陥った。ドラマや漫画における記憶喪失の表現として、「ここはどこ、私はだれ」というセリフがあるが、実際に記憶を失うと、そんな論理的な思考はとてもできない。なにがどうなって、トイレにて下半身裸で目覚めるに至ったのか皆目わからず、脳内は「※○95ネ×#%めケ!?」という感じになった。次に思ったのは、「女の子の大事なものをなくしてしまったのかしらん」ということだったが、尻が冷えていたのみで不審な点は見当たらず、社会的信用以外に失ったものはないようであった。あー、よかった。のか?

日本酒を一升ぐらい飲んでもピンピンしていたころは、「酒で記憶を失う? そんなバカな」と思っていた。酔ってタクシーの運転手さんを殴ったけれど覚えていないとか、電車内で痴漢をしたのに酔っ払って記憶にないとか、そんな事件が報道されるたび、「嘘つくな、ごるぁ! 酒飲みの風上にも置けんやつめ」と憤っていた。

いまも、酔いを理由に不届きな言動を許す必要は微塵もないと考えているが、しかし、「酒で記憶をなくした」というのは必ずしも言い訳ではなく、本当に覚えていない場合もあるんだろうなと、身をもって思い知ったのだった。加齢とともに酒に弱くなり、かわりにひとつの知見を得たというわけだ。

だが、(肝臓は) 老いたりといえど、わしもまだまだ意気軒昂じゃ。そんじょそこらの若造に負けてなるものかと、夜毎、自主トレは怠っておらん。飲酒はええもんやで〜。なにより、食べ物をよりいっそうおいしくする。わしゃあ酒を嗜まなければ、塩辛、おでん、かまぼこなどの真のうまさに気づけぬまま、いたずらに生きて死ぬだけだったかもしれんと思うちょる。

妙な口調になってしまったが、酔っ払っているわけではありません。飲酒への愛が高じすぎたがゆえです。

考えてみれば、飲酒の習慣と同じぐらいの年月、持続できた行いって、ほかには読書しかないんじゃあるまいか。読書の次に好きなのは飲酒、と言っても過言ではない。「え、二十歳になってから本を読みはじめたの?」という疑問を抱いたあなた。そこらへんをつっこむのは、やめにしていただきたい。

しかし、実は母方の一族は、全員が見事に下戸なのだ。対して、父方の一族は全員が酒飲み。私は幼少のみぎりから父親の晩酌につきあっていたのだが (よい子は絶対に真似しないでね!」、弟は自分から酒に手をのばすことはまったくなくて飲んでも、コップ二杯のビールが限界なのだそうだ。コップ二杯のビール！　水だ、そんなの！

当然、飲酒派の私に、母や弟から注がれる視線は冷たい。母は特に、軽蔑だけでなく娘の体調に対する心配も加味されるらしく、「昨夜、電話したけどいなかったわね。また飲み会？」などと聞いてくる。

「いや、打ち合わせのあとに、ちょっと飲んだだけだよ」

「ちょっとって、どれぐらい」

「生中二杯でやめといた」

「（「ナマチュウ」がなんなのか、よくわかっていない様子ながらも）またそんなに飲んで……！」

お母さん。何度も申していますが、ジョッキ二杯のビールなんて、大半の酒飲みにとっては、本当に水みたいなものなんですよ。酔っ払ったり記憶をなくしたりといった、体に悪影響が出るような酒量じゃ、全然ないんですよ。

説明しても説明しても、母は「アルコール＝悪魔の水」と固く信じているので、通じない。梅酒をちょっと飲んだだけでも、頭ががんがんし、世界がぐるぐるまわりだす母なので、それもいたしかたないだろう。

だが、下戸の悲しさ。母は酒を飲むときのコツのようなものがわかっていないため、父や私が家で飲酒していても、ただただ見ているだけだ。こちらの体調を心配するわりには、途中で水やお茶を勧めないのである。こっちは、「それなら、まあいいか」と思って、アルコールのみをひたすら摂取する。酔っ払う。母の冷たい視線を浴びる。下戸の監視のもとで飲むのは、あらゆる意味で要注意だ。

先日、下戸対酒飲みの戦いは大きな山場を迎えた。御年九十四歳になる母方の祖母が、危篤状態に陥ったのだ。親戚一同は、祖母が入居している老人ホームに続々と駆けつけた。

祖母はすべての延命措置を拒否したので、酸素マスクだけをつけ、すでに意識がなかった。たまに呼吸が苦しそうになるが、眠っているのとほぼ変わらない様子だ。だが、声をかけても目を開けないし、反応がない。お医者さんは、「残念ながら朝まではもたない」と言う。反論したいところだけれど、素人目にも、祖母がいままさに死なんとしているのは明らかだった。

空いている部屋を借り、親戚のちびっこたちは夕飯のお弁当を食べはじめた。私たち大人も、祖母の部屋と借りた部屋とを交代で行き来し、祖母を見守ったり休憩を取ったりした。ちびっこたちは、まだ「死」がよくわからないから、はしゃいでいる。私は、「おばあちゃんにも、酔っ払ったときに介抱してもらったっけなあ」などと思い返していた。たいがいの身近なひとに、酔っ払っては介抱してもらっているのである。

待ちたくないのに、死を待つほかにすることがないような、奇妙な時間が訪れた。手持ち無沙汰だし、気を紛らわせたいし、こうなるとちょっと一杯ひっかけたくなるのが人情だ。

しかし、母方はみな、下戸の一族なのだ（「いままさに死なんとす」な祖母も含め）。粛々とお茶なぞ飲んでいる。缶ビールぐらい、だれか買ってきてもよさそうなものだが、そういう発想が端からない。しかたがないので、水っぱなを大量に流したり、飛び蹴りを食らわせてきたりするちびっこたちの相手をして、なんとか時間をやり過ごした。

そうこうするうちに、祖母は亡くなった。大往生だったので、悲しみのなかにも晴れやかさがあるような、これまた奇妙なムードの葬儀となった。

問題は、通夜のあとの会食だ。お寺の一室で、身内だけでケータリングの食事を摂った。もちろん、ビールやら日本酒やらも用意されている。しかし下戸一族だけあって、アルコール類には目もくれず、粛々とお茶なぞ飲んでいるのである。

ありえんだろ。悲しみのときにこそ、酒を飲んでパーッとやりたいもんだろ。

私は母の冷たい視線をものともせず、卓上の瓶ビールを自分のまえに集結させた。片っ端から空けていくぜ。すると、肩身の狭い思いをしていた酒飲み部隊が、次々に参加を表明した。私の父、いとこの妻や夫といった面々である。

即席部隊は健闘した。弔い酒なのだからと飲んで飲んで飲みまくり、ビールばかりではなく日本酒も何本も空けた。

勢いは止まらない。夜も更けたころ、片手に数珠、片手に飲みきれなかった瓶をぶらさげ、

「よーっし、もう一軒行くぞ！」

ということになった。母の視線は氷点下まで到達していたが、かまうことはねえ。

祖母も生前、

る。

「あなたは飲みっぷりだけは一人前ですよ」

と、酔った私を介抱しながら褒めて(?)くれた。ここで飲まなきゃ、人間がすたる。

いとこの奥さんと私は、夜の町へ繰りだした。飲みたらない父もついてきた。なぜか、下戸の伯父まで引っ張りだされた。総勢四名で小料理屋へ上がりこみ、酒盛りはつづく。伯父はお茶を飲んでいるのだが、ふだんから「べらんめえ」調なので、素面でも酔っ払っているようなものだ。

「俺ぁよう、よかったと思ってんだ。母親(祖母のことだ)ももう九十四だったし、だれに迷惑かけるでもなく、眠ったまま逝っちまえたしさ。弔い酒じゃなく、祝い酒だな、こりゃ」

「おじさん、飲んでないじゃん」

「下戸だからよう」

「そんなこと言って、お義父さん」

と、いとこの奥さん。「おばあちゃんに連れていかれないようにしてよ。なんだかんだでマザコンなんだから」

「七十になるじじいつかまえて、マザコンもなにもあるかってんだ。だーいじょうぶ、たとえ迎えにきやがったとしても、ビシーッと断ってやらぁ、ビシーッと」

おじさんほんと、よくお茶でそのテンションまで持っていけるな……。私が感心していると、父がおずおずと口を挟んだ。

「しかしですね、お義兄さん。今日もあなたの妹三人は、お寺でぎゃーすかケンカしてましたけど……。あれはなんとかならないもんですかね」

妹三人のうちの一人が、私の母であり、父の妻である。私の母と伯母二人は、顔を合わせるたびに小さなことで諍いを起こし、年甲斐もなく舌戦を繰り広げるのが常だ。

「なんともならねえよ」

と、伯父は力なく答えた。「あいつらぁガキのころから、『姉さんが人形取った』『妹がわがまま言った』って、ぎゃーぎゃーぷんぷんしてんだ。巻きこまれねえように、ケンカがはじまったら遠くに逃げるしかない」

子どものころから、妹三人の威力に翻弄されてきた伯父の言葉は重い。やってらんないよなあ、もう、と私たちは酒に逃避したのだった（しつこいようだが、伯父はお茶）。

翌日は告別式だったが、いとこの奥さんは二日酔いで苦しんでいた。葬儀の手配などで忙しかったところに、深夜まで酒を飲んだのだから当然だ。私はといえば、二日酔いこそなかったものの、睡魔の大波に襲われていた。締め切り攻勢のさなかに、「ばあちゃん危篤」の報を受けたためもあり、告別式までの一週間ほど、まともに寝ていなかったのだ。

これは、ピンチだ。しかしいざとなれば、お坊さんの読経に聞き入るふりをして、実は涅槃の境地（＝睡眠中）、という技を駆使すればいい。そう思っていたのだが、甘かった。

いとこ（三十代後半男性。ラグビーでもやってそうな体格）が真剣な面持ちで歩み

寄り、

「俺が昨日、センターの大任を果たしたのは、知ってのとおりだ」

と話しかけてきたのだ。たしかに、そのいとこは通夜の席で、本堂の最前列に座っていた。

「いわば、あっちゃん（前田敦子）だったわけだ」

「そんないいガタイして、どこがあっちゃんなのよ」

と私は言ったのだが、

「しかし、あっちゃんは疲れたので卒業する」

と、いとこは聞く耳を持たない。「そこで、今日はきみにセンターを譲る！」

「やだよ！　私のほうが年下なんだから、おとなしくうしろのほうに座ってるよ！」

「遠慮するな。さあ、センターの座へ！」

揉みあううちにお坊さんが本堂へ入ってきたので、私がセンターに座ることになってしまった。こ、これでは涅槃の境地に至れない……。

さらにまずいことに、祭壇やお坊さんを挟んで向きあう形で、ちょうど正面にちびっこ勢が座っていた。ちびっこ勢は読経にすぐ飽きる。それで、こちらへ向かってブ夕鼻をしてみせたり、変顔をしてみせたりと、しきりに笑いを取りにくるのだ。眠気は覚めたが、これはこれで苦行……。噴きださないよう、歯を食いしばっていなければならなかった。

告別式が終わり、焼き場へ行き、骨になった祖母とともに、再びお寺へ戻った。なんだろうなあ、全然しんみりしないよ、ばあちゃん。と、私は思っていた。祖母にとってはひ孫にあたるちびっこたちが、楽しい騒動を繰り広げていたからかもしれない。ひさしぶりに親戚一同が集まって、ケンカや会話の花を咲かせていたからかもしれない。

これが、「いい死にかた」というものやもしれぬ。と、つくづく感じた。伯父の言うとおり、祖母はだれかに多大な迷惑をかけるでもなく、そんなに苦しむでもなく、子どもや孫やひ孫に見守られて旅立ったのだから。

その夜は再び、一同、お寺で夕飯を食べた。下戸一族はお茶なぞ飲み、飲酒派は肩身狭く片隅でアルコールをする。

ふと見ると、あぐらをかいた弟の股間に、ちびっこの一人がどっかりと座っている。社長椅子でくつろいでいるかのごとき、堂々たる振る舞いだ。

「あわわ」と思った。弟は鍛錬を欠かさず、鋼のごとき肉体を保持している。眼光は鋭く、無口で、実は殺し屋なんじゃあるまいかと、私は疑っているほどだ（だって殺し屋でもないのに、なんだってそんなに体を鍛える必要があるのだ？）。そして、ここが肝心なのだが、弟は子どもが大嫌いだ。

そんな危険人物の膝（というか股間）に、よくちびっこは恐れるふうでもなく座れるものだ。弟は無表情のまま、お茶なぞ飲んでいる。ちびっこはご満悦の表情で、リラックスしている。弟がいつ、ちびっこの頭を片手でスイカのように握りつぶすかと気が気でない。

「あの、ちょっと」

と、私はちびっこを手招きした。「そこは大変危ないから、こっちにおいで」

しかしちびっこは動かない。

「えー、なんで？」

と、にこにこしている。弟は氷でできた能面のごとき無表情で、お茶なぞ飲んでいる。あわあわあわあわ。

すると、いとこの奥さん（ちびっこの母親）がやってきて、

「まあ、どこに座ってんの！」

と、ちびっこを叱った。「ちゃんと、『座っていい？』って聞いたの？」

ちびっこはちょっと考えたのち、弟を振り仰いで尋ねた。

「座っていい？」

いまさら聞いてる！　しかも、「南国リゾートの海辺のデッキチェアでくつろいでるひと」級のリラックス・モードで！

もうだめだ。絶対に血の雨が降る。もう一件、葬式を出さなきゃいけなくなる。そう覚悟したのだが、案に相違して弟は、

「いいよ」

と穏やかに答えたのだった。

「あんたさあ」

と、私は弟に言った。「子ども嫌いのわりに、妙に子どもに好かれるよね」

「そうかな。まあたしかに、電車でも道でも、赤ん坊から小学校低学年ぐらいまでの子どもに、ものすごくガン見されるけど」

「変な顔だからかな」

か。

「ぶっころすぞ」

犬嫌いのひとにかぎって、道行く犬にしきりにまとわりつかれるようなものだろう

「しかし、さっきから観察していて、ひとつわかった」

と弟は言った。「子どもは酔っ払いが嫌いだね。べろべろになってるブタさん（と弟は私を呼ぶ）のところには、ちっとも寄りつかない」

ぐぬぅ、言われてみれば。私も子どものころは、酔っ払った大人を疎ましく感じたものだ。

楽しい思い出をたくさん製造してくれる飲酒であるが、やはり通夜や告別式といったかしこまった場では、ほどほどにしよう。そう反省したのだった。

飲酒関係の反省、次に活かせたことがないのですが。

白に白に白

大道珠貴

だいどう・たまき

一九六六年、福岡県生まれ。小説家。二〇〇〇年「裸」で九州芸術祭文学賞を受賞し作家デビュー。二〇〇三年「しょっぱいドライブ」で芥川賞、二〇〇五年『傷口にはウオッカ』でBunkamuraドゥマゴ文学賞を受賞。その他小説作品に『背く子』『後ろ向きで歩こう』『ショッキングピンク』『きれいごと』、エッセイ集に『東京居酒屋探訪』など。

男のひとと酒を酌み交わすときには、ひとまわりくらい歳が離れているといい。その場合、帰りの時間は未定にしておく。酔っていい気分になれば各自さらりと散ればいいだけの話で、ころよい瞬間というものは向こうから自然とやってくるもの、「そんじゃ」。このひとこと。かしこまった別れの挨拶など興ざめなのはたがいに知っているから、いっさいなし。だから泥酔後のへんなうしろめたさや悔いもない。翌朝はふだんと変わらず小鳥のさえずりと共にすっきり目覚め、気つけ薬のおちょこ一杯の酒をぐいとやれば、血の巡りよく絶好調だ。

ビールが売りあげを伸ばす時期のすこし前、どちらからともなく誘いをかけ、逗子あたりで落ち合う相手が、いる。真っ昼間から飲むんである。精肉店の揚げたてコロッケをつまみに、鎌倉ビール、江の島ビール、葉山ビールなどの瓶ビールを。酒屋の片隅に眠っているような、庶民感覚からすれば高価なものだが、次々に生産される時期の新しいものより、とげとげしさが抜けてどこか落ち着きのある味にかんじられるのだ。ぐいとラッパ呑みできるのも、粗野でいい。手に入らないときは缶で、バドワイザーかハイネケンかギネスを。ま、かっこつけでもあるんだな、中年女と青年の組み合わせというものは。渚にて、寄せては返す波の音の合間あいまに、ふたり、訥々《とつとつ》としゃべる。金稼ぎの話や猥談はしない。ひとの悪口で盛りあがったりもしない。じゃ、なに話しているだろう。そうだな、どういう女がほんとうのいい女かなど話すかな。そのときはわたしも男ごころになっている。

一度、待ち合わせ時にわりと大きな地震があり、電車はすべて停滞、駅前広場のひとびとが一斉に携帯電話へ向けまくしたてはじめた。怒気を含んだ質問攻めの口調、奇妙なはしゃぎっぷり、のぼり調子の笑い。なかにはまるでエクスタシーのような声をあげる御婦人も。平生、人間たちのなかでぐっと堪えていたものが、地べたの揺れをきっかけに瓦解、こんなのんびりした海辺の街でも、パニックの波はあっという間に生じるんだなあ。孤独がいちばんだわと、わたしは海岸まで歩き、ガードレールに寄りかかって彼を待つことにした。ちょうど冷やしたビールを籠に四本入れてきていたし、足らなくなれば近くのファミリーレストランに行ってワインでも飲めばいい。

電車のなかはさぞかし殺気立っていることだろう、ビールの一本でもあればねえ、かわいそうに。わたしはぐいぐいやった。おしっこも好きなときに好きなだけ出せ、家で飲んでいるときと変わりなく、ひとり、のんびりできた。やっと彼と会えたときには、蛍光シールみたいにちゃちな星が出ており、ビーズのブレスレットがちぎれたみたいに海岸線はチカチカ煌めいていた。いくら遅れても待っててくれるんですねえ、と息せき切って言う彼の眼は犬のようにきれいである。のんきに飲んでただけです、津波が来るかと思ったけど来なくって、黒い鳥が浮かんでるかと思ったら黒色のサーファーで、昏くなってもまだいるから、それボケッと観てました。ウワバミのわたしは、地べたが揺れているのか

自分の脚がぐらついているのか判然としなくても神経はかえって冴えざえ、尖んがっているんだった。会えなくてもいいと思っていたことは、口に出さなかった。

「社会に出たら酒を飲む機会も増えるやろうが」と、わが父が訓戒を垂れる。ビールはまだ二口目くらいなのに、早《はや》、血走った眼、ゆるんだ唇、金属系のカビ臭い吐息。痴漢みたい、とわたしは思う。「女の酔っぱらいほどみっともないもんはないゾ。だし、二回は大きな失敗をしなさい。そしたら自然と飲む量を自分で量るようになるから」——男のひとで、酒の酔いかたについて注意してくれたのは、あとにも先にも父だけである。小料理屋の男女共用のトイレで戸を開けたら、目の前に、嫁入り前の娘のまる出しの尻があった、金隠しに覆いかぶさって腰抜かしとった、おおかた冷酒を調子に乗って飲んだのだろう、あれはあとから酔いがまわる、意識を失って、男のいいおもちゃになるのだ、などという恐ろしい話をして聴かせるんだった。父自身も、大きな失敗を二回、二十代で済ませたらしい。そのうち一回はブタバコ入りしたという。

「タマキは大きくなったら大酒飲みになるゾ」

毎晩、アサヒ生ビール一本のみ、それが規律ある自衛隊員の暮らしで、むっつり助べえだからタガが外れると、テーブルのしたで脚の指をつかって母のスカートめくりをし、もうシアワセの絶頂というふう、娘のわたしにはお酌をさせ、つまみの、カレイ・イカ・鮎の卵やら、イワシ・サンマ・鮎のはらわたやら、うなぎの肝、サザエのしっぽなど、いちばん旨い希少な部位を、ざっくり箸でちぎり、口に入れてくれ、「こういうのばっかり欲しがる」上機嫌に笑い、「タマキは大きくなったら」とつづけるのだ。

言っているうちに、娘の生っぽい姿が現実的に押し寄せてくるらしく、酔いながらもぐんぐん不機嫌となって、しかめ面、淋しげ、ひとりぼっちとなる。いま思えば、あれくらいの量で飲まれてしまう男なんて、とてもじゃないけれどいまのわたしにはつき合えぬ。

歳下の青年とは、フェリーで猿島へも行った。乗り場で並んでいるときから瓶ビール片手に持って。軍服姿の、いい男でもぶさいくでもないひと（東条英機だと思う）のラベルが貼られていた。島に着いて売店でもパック酒数本買った。彼がスナック菓子も欲しがった。わたしがトイレから戻ってきたとき、風でふわふわするすると流されていくポテトチップスのかけらたちを、へろへろの彼が長い手脚で追いかけ、かき集めようとしてあつめきれず、シャボン玉を追いかける子どもみたいに無邪気な姿で愉しんでいた。人間の正体は、酔うと、「善」が露わになると思う。

以前、ハイキング中のおばさん・おばあさん二名に、「あらお昼から。いいにおい」とからかわれたことがある。彼はにっこりほほえみ、「どうぞ」空けたばかりのビールをさしあげようとし、ぎょっと目玉が飛び出さんばかりの二名に、逃げられていた。人間が「善」であるかぎり、こういう場面を何度も見せてくれる。だから、若いひとといると、ときめくのだ。こちらも生きるのが愉しくなるのだ。飲み友達はほかにもおり、歳の差は十五歳、二十歳、食べるほう専門の下戸もいて、下町出身者、地方出身者、坊主頭などなど、みな、異業種。社会に出て辛酸を嘗めはじめており、たいていぼんやり浮かない顔だけれど、なんとかなると思いたがっている。よく赤面し、よくおおげさに笑う。たまに泣く。気持ちをごまかせない。白目の部分に穢れがない。お肌つるつるで、ニキビもできる。味覚が、お子様のまま。俺、毎日カレーでも平気っす。カレーつまみにして永遠に酒飲めます。で、すくない給料から毎月親に仕送りしていたりするんだなあ。

わたしを、親戚のおじさんみたいに（おばさんではなく）思い、なにかと相談してくれ、いや、母親くらいの歳のくせに俺より危なっかしいやつだという心配からかな、まあ、仲良くしてくれて、実にありがたい。若者よ、どうぞ老獪《ろうかい》なヒヒジジイにならないでおくれ。人生はあっという間、猛スピードで終わります、理不尽な目に遭っても相手にせずすすみましょう、自分は自分。わたしもそうしている。だから、つき合うのも、同業者はごめんなのだ。二字熟語を乱用した胡散臭い文章を高尚ぶって平然と書くようになったら、おしまいだよなあ。ばあさんになって、若いひとへの嫉妬から酷評を一方的に発表することだけは、したくない。理解不能、奇怪な文章世界であるとしたら、表層だけを鵜呑みにするのではなく、なるほどこれは作者の照れか企みか挑戦からきてるんだなと、わたしなら期待したい。わかりやすい、身近な、たとえば家族・友人・恋人・隣人関係に置き換えてみて、深層を読みとればいいのだ。暮らしの些細なことをばかにする人間からは遠ざかり、実力ある若いひとたちには素直であろう。いじけず、群れず、偏屈ばあさんになってもわたしはそういうモノカキでありたい。

三年前、鎌倉で古家を手に入れた。こういうの、偉い文士なら、拙宅《せったく》とか陋屋《ろうおく》と呼ぶんだろうが、謙遜のできない質《たち》のわたしは、ただ見た目通り、雨漏りする傾いたガタピシの家、だから好き、と言う。雨漏りは、涙で、傾きは、考え中ってかんじの、生きている人間っぽく温かみある箱だ。壊れ具合がわたしと似ている。

山の中腹にあり、夜は漆黒の闇、でも、お化けだって亡霊だって平気だ。巨大ムカデや、玉子色のぬらぬらした蛇だって、ひょっこり出るんだもの。酒飲み部屋までこしらえたのは、もちろん自分のためだけれども、歳下の彼らの憩う場にしたいからでもある。実家と思って休みにおいで、と言っておいた。まだまだ前途多難な彼らには、こういう親切ぶった、やさしさめいたものは、かえって毒だろうか。でも母性なんかで接するつもりじゃない。ただ、損得なく関われる他人のひとりはいたほうがいいのだ、だれにだって。福岡の甥っ子が不良化して家出してきたなら、ここでしばらく育ててみたいもんだとも思う。

この先、わたしにはこの容れ物ひとつあれば、この箱に逃げこみ閉じこもりさえすれば、地震雷火事親爺、生きるうえでちょくちょく起こり得るどういう災難も、まあぼちぼちなんとか堪えられるであろう。家がなけりゃ、うたかたのモノカキなんて、行く末は、まずもって、野垂れ死に。だあれも助けてくれない。助けられてもかえって恐怖、生かされてまでこの世のお役に立てる命でもなし。


満月の晩、七歳あたりの記憶。

盥《たらい》に水を張り、庭のまんなかに置く。水に浮かぶ月に脚を割って入れると、月はやわらかく滲み、ギザギザのまるい輪郭を保ちながらネギの根元みたいにナマッちろい脛をふるふる揺らす。自分自身が震えているようにも見え、こころぼそい。月も脛も、歪んでゆがんでゆがみつづけ、くすぐったくって、おしっこちびりそう。隣の家の祖父が、長々と晩酌をしている。ぬる燗、芋焼酎のお湯割りと、鼻の利くわたしには種類がすぐわかる。いい香り。いい気持ち。多くの大人たちに守られた、安全地帯で、ひとり遊びをしながら、こころのどこかで思うのは、早めに家を出よう、ということ。自分はいいから、自分以外のひとたちに、シアワセであってほしかった。父も母も妹も、犬もセキセイインコもフナのソナタロウも、家族仲良く平和にやってくれ。

「三十三歳になったら」

わくわくしながら思う。「日本を捨てとろうなあ。息子ふたりを連れて、アメリカに逃げとうやろうなあ」

――三十三歳とは、一九九九年日本沈没のときであり、わたしには息子がふたりいるんであった。結婚はせず産んだか離婚したかで、亭主となる男の像は全くなく……。そうして、ほんとうの三十三歳、なあんにもなかった。子ひとりすら、いなかった。ぴったり命中したのは、亭主がいないということのみ。その前年も、あとも、日本の沈没の気配は、ほんのちょっぴりすらなく、地べたは頑丈で、新築の家やマンションが次々に建っていた。なあんだ、明日は来るんだ、明後日も来るんだ。やっぱりねえ、これが現実、ぜんぶ未来に向けてすすんでいる、ああつまらない。けっこう本気で沈没を想像していた自分が、しんに阿呆だった、ということだけを悟った。どうかするとあそこで年齢が停まっており、いまでも歳を訊かれると、三十三歳ですとこたえてしまうことがある。四十六歳なのに。

孤立感たっぷりのわたしにとり、玄関を出て八歩ほどで着く祖父の家は、入り易い異界として存在してくれた。縁のした、押入れ、仏壇、物置、屋根。どこも古めかしいにおいで満ち、魅惑的だった。ぐるぐると回転、めまい、でんぐり返し、逆立ち、箒《ほうき》にまたがって魔法使い気分で階段から飛び降り、座布団にお客（妹）を載せて超特急で牽《ひ》いてまわり、そろばんでローラースケートをし、鴨居にぶらさがって懸垂し、やりたい放題、おかげで体力気力とも成長できた。あの家の存在がなければ父を発奮の的にしていたかもしれぬ。

珍しく福岡に雪の積もった年がある。朝、つぶった瞼に光る白が痛いほどで、わたしはがばりと跳ね起き、祖父の家の屋根に積もった雪をお茶碗で掬《すく》いに行った。上白糖をかけ、しらしらと輝くそのひと掬いを口に入れると、あれまあ、不思議！　埃臭くって、どこにも売っていない味なのだ。夏定番のバナナ味のかき氷より好きかも、だ。「ばばっちい！　雪は、空のごみバイ、放射能だらけとゾ。髪の毛抜けるとゾ」と、大人たちには脅された。『はだしのゲン』の影響だろう。禿げたってかまわん、とわたしは不遜にも思った。

そのときの、お茶碗の内側の白さ、雪の白さ、砂糖の白さの印象は、いまも鮮明に強烈に、残っている。どれも同じ「白」というコトバで表現するのに、区分線が引いてあるわけでもないのに、ぜんぜん質感がちがうのだ。こんなすごいこと、描けない。

将来は絵を描く仕事にありつきたかったが、無理、と、あっさり自覚できた。

そういう視覚と味覚の癖が、現在のウワバミのわたしに繋がるんである。家では、日本酒に氷を入れグラスで飲んだりする。透明で美しきこの飲み物は、水のようにさらりと、癖なく喉を通る。ほんとうは、日本酒のシャーベットというものをつくりたいが、わが冷凍庫ではとろりとうまく凍らないので、かき氷器で氷を掻いて、日本酒かけ大人用かき氷として食べている。ブドウ、メロン、ラフランス、柑橘各種、トマトなどなど、いろんな青果を焼酎に浸したが、自家製は、むかしから伝わる梅酒が妥当な線だと思う。

蒸留酒、醸造酒、この歳になるまであれこれ飲んだけれども、死ぬまでにあとどのくらいの分量を飲めるだろうと思ってみると、あまり無茶せず、健康的にいまわの際まで飲んでいたく、だとしたら、どうも、アルコール度数の低い、混じりっけのない純米酒に極まるであろう。お米への感謝に自分でうっとりしながら昇天、だ。自分が死んだあとの弔い酒にも、ぜひ、唸るような純米酒をふるまいたい。肴は、そうだな、幼いころおやつにしていた沢蟹の唐揚なんか食べていただきたいが、いまや福岡の田舎のほうでも食べられない幻のものだろう、じゃ、祖父の食していたのがいいかな、鶏モモ一本まるごとの網焼き、鶏皮のポン酢和え、鶏のキンカンの甘辛煮、センマイ刺し、鱈の白子、ナマコの酢のもの、おお、まことにありがたや庶民の味。ごはんものが欲しくなれば、醤油色に沁みたカツオのたたきを載せ、白ごま、わさび、ほうじ茶をかけ、ささっと召しあがれ。祖父は、酒と飯にひととおり満足すると、お手塩皿の砂糖醤油にスモモを転がし、赤ん坊が乳首に吸いついて離さないときのような夢中さでずるずる音立ててしゃぶっていた。ますますいい気分になると入れ歯を外し、焼酎のグラスのなかに抛《ほう》って見せてくれたっけ。炭酸ソーダみたいに気泡が立ったので、入れ歯って生き物なんだなと感心し、自分もはめて獅子舞みたいにカチカチいわせたかった。歯が外せるくらいだから目玉だってなんだって外せるおじいさんじゃないかと怪しく思っていた。

　自分の弔いの場やなんぞあれこれ空想していたら愉快になってきた。そろそろここいらで、酒の席での愉快じゃないことも思い出してみたい。若いころ、男が、女の飲んでいる酒にこっそり目薬だか風邪薬だかを入れ、腰の抜けたところを襲う、なんていう噂が走り、わたしも飲まされたらしい。「犯人」のひとの告白であとから知った。

でも、よっぽど鈍感なのか、全く気づかず、しゃっきりしていた。量がすくなかったとかいな？　と、犯人のひとは首をかしげていたっけ。

愉快じゃないことのもうひとつ。女のひとの、グラスについた口紅を指二本で拭うしぐさ、あれ。あの指をあとどこへなすりつけるんだろう、すごうく、気になる。彼女たちとの話題もなあ、苦労するんだな。「そろそろ子どもが塾から帰って来る時間なんで」まだこういう家庭の話はしみじみするのでいい。一気に白けるのは、ビューティー系の話。生まれつきのものは、あきらめたほうがいい。ネイル、占い、婚活。あくびしたくなる。「あたしって雨女だからさあ」って、あたしを中心に地球がまわっているのかい。携帯電話をえんえん一点凝視、指でちょこまかいじりつづける姿、ありゃなんだ。どんぐり拾ってるお猿さんか。

とまあ、酔っぱらいで小姑気分の中年女は、家の酒飲み部屋でひとりエイヒレでも噛んでいるのが、お似合いでしょう。


家。

椅子を持って自由に、縁側や座敷や庭先へ移動する。それだけで小旅行のような気分である。酒飲み部屋では、台所までわざわざ行かなくていいよう、手に届く範囲で、熱燗用のコンロ、氷、つまみや肴を用意。からっぽの仏壇置き場があり、光射さず、温度が一定だから、酒類の貯蔵庫として格好の場所である。煤《すす》けたぼんぼりがぶらさがり、お化け屋敷みたいなほの昏さで、中国の古い朱色の家具がへんにエロティック、まるでここは女郎宿みたい。ひとっぷろ浴びて、手酌といく。ハエ・アリ・リス・トンビ・ミミズ、命あるものみな同等（平等ではなく）。気流・聳《そび》え立つ木々の擦れ合い、自然界の鳴らすさまざまな音色は凄まじい。不気味に霧深い春のいま時期は、家から出られないほど憂鬱で、なんてちっぽけな自分なんだろうと思える。ちびっこ広場みたいに開放的な、泥棒さんいらっしゃい状態のわが家を見て、警備会社と契約しとかなきゃ危ないわよ、なんかあったらどうするの？　というご親切なおコトバもあるが、「そのときはキャアって言いますもん」と笑い飛ばしている。死んだら死んだなのだ。

この家に越してきて、気づいた。大丈夫、そう急がずとも、身体はちゃんと着実に老いているのだから、自然と死は訪れるものだ、と。みな同等。手酌しつつ、若くして自死に至った知り合いたちに、生前の親交の浅さを詫び、やっといまごろ親しい友のようにかんじ、勝手に、乾杯。音信不通になった若者にも、乾杯。

さて、最近、ほうぼう旅に出るとき用として、高台つきのおちょこを、土こねて形づくり、窯で焼いてもらった。高台をわざと「く」の字にひしゃげさせてみたが、しっかと地べたにも立ち、なかなか愛しい相棒となった。手拭いでぐるぐる巻きしてポケットに入れ、どこへでも連れて行こうと思っている。そんじゃ、どこへ行こうか。行きたいところがこれといってわたしにはないんである。


追伸。

さっき、若き押し売り、来し。久しぶりの人間。無精ひげ、こすっからい目、爪黒し。いびつな柑橘なるもの差し出し、「この名、美白柑（?）なり、一個二百五十円、美白に効果あり」。聞き流して、我、「買います」。スーパーなら百円ほどだろう蕗の漬物、五百円なり。買い、釣り銭受けとらず、冷えた栄養ドリンク渡しゴクロウサマと労えば、押し売り、霧のつぶか、汗か、目もと潤みおり。

損だけど

角田光代

かくた・みつよ

一九六七年、神奈川県生まれ。一九九六年『まどろむ夜のUFO』で野間文芸新人賞、二〇〇三年『空中庭園』で婦人公論文芸賞、二〇〇五年『対岸の彼女』で直木賞、二〇〇六年「ロック母」で川端康成文学賞、二〇〇七年『八日目の蟬』で中央公論文芸賞、二〇一一年に『ツリー・ハウス』で伊藤整文学賞、二〇一二年『紙の月』で柴田錬三郎賞、『かなたの子』で泉鏡花文学賞、二〇一四年に『私のなかの彼女』で河合隼雄物語賞を受賞。エッセイ集に『降り積もる光の粒』『今日も一日きみを見てた』『大好きな町に用がある』など。

酒が飲める、飲めないということを、人は酒を飲んで知るのだろう。飲めない人は、すぐ、飲めないと気づくだろうけれど、飲める人は、あんまり実感しないんじゃないか。ただふつうに飲んで、自分が大酒飲みかそうでもないか、そんなことは考えないのではなかろうか。

私はそうだった。気づけば飲んでいた。酒を飲みはじめた若いときはビールが苦くて飲めなかったけれど、すぐ慣れて、慣れれば、最初の一杯はビールじゃなくては、と思うようになる。そうして未だに、私は自分が酒飲みのどの位置にいるのか、わからない。つまり、私の飲む量が、多いのか少ないのかふつうなのか、わからない。私はただ、飲めるだけをふつうに飲んでいる。

考えてみれば、酒を飲むようになって二十七年、飲まずに暮らしていたときより酒のある暮らしのほうが圧倒的に長くなってしまった。幼稚園から高校まで、よく酒なしでがんばってきたなあ、と思う。酒も飲まずに、天ぷらや鮨をジュースとともに食べ、友人関係に悩み、将来におびえ、自意識と闘ってきたんだものなあ。

大人になって酒を飲むようになると、その存在は年々、年々、日常になくてはならないものになった。二十代の半ばには、酒がない一日というものが考えられなかった。好きか、嫌いか、というと、よくわからない。私は豚肉が好きだが、豚肉の味を好きなように酒が好きかといえば、それとは違う。好きというより、必要なんだと思う。

私は人見知りで、かたく心を閉ざし、くよくよし、ほとんどのことに興味を持たずに過ごしている。そうしたくてそうしているのではなくて、そうしかできない。人見知りで心を閉ざしてくよくよ悩んで興味を持たず過ごすのは、ちっともたのしくなくて、つまらない。そんなふうにしかできない自分を私は好きではない。その自覚があるから、人と会うとき、私は人見知りもしないし、心を開いているし、なんにでも興味があるふりをする。（それは案外成功して、人は私をそのような人に思ってくれているらしい。というのも、なんにでも興味がなければ引き受けないような仕事の依頼が、たくさんあるからだ。そして興味があるふりをし続ける私は、つい、ふりの延長で引き受けてしまう。引き受けたあとで、「この仕事のどこに興味を持ってくれたんですか」と訊かれて、ぎょっとすることがある。興味などいっさいないからだ。そして、引き受けたことを後悔することも、たいへんに多い。）

酒を飲むと、気持ちがぱーっと開く。知らない人でも話せるようになり、閉ざしていた心がスーと開き、くよくよしなくなり、しらふならまったく興味の持てない他人の話が、ものすごく意味のあるおもしろいものだと知る。たのしくなくて、つまらない、好きになれない自分は、酒が退散させてくれるのである。

三十歳を過ぎるまでずっと、酒の味や、酒の場の雰囲気が好きで私は飲んでいるのだと思っていた。そうじゃない、飲まないと私はちゃんと人と話せないし、向き合えないのだ。酒を飲む理由は、じつは前向きなものではなくて、かように後ろ向きのものだったと、三十代の半ばごろにようやく気づいた。

好きなのじゃなくて、ちょっと切羽詰まった感じで必要なのだと気づくと、もう何も言い訳することもなく、休肝日も作ることなく、酒を飲むようになった。かような理由なら、ひとりでいるときには飲まなくてもいいはずなのだが、でも、飲む。「人見知りで心を閉ざし」ではなくて、「くよくよする」部分で必要なのだと思う。ひとりだとくよくよは深度を増すから。

しかしながら、私には酒にかんして弱点がある。

飲みはじめたら、途中でやめるということができないのである。どうしてもどうしても、できない。それこそ二十年近く、きりのよいところで飲むのをやめようと試みて、できない。逆立ちで歩けないように、できない。とことん飲むしかない。

そして、とことんへの過程で、記憶がなくなるのである。ある一定量飲むと、その後のことを覚えていない。

その一定量がどのくらいなのか、わからない。時間にすると、七時から飲みはじめたとして、十一時以降があやしい。

それでも最後まで居座って飲み、タクシーで帰宅し、自宅で寝ている。起きて、昨日のことを思い出そうとすると、思い出せない。今にはじまったことではなく、酒を飲みはじめた若いときからそうだった。

前の日のことが思い出せないと、従来の私の「くよくよ」部が活発に活動をはじめる。

だれかに失礼なことを言ったんじゃないか。失礼なことをしたんじゃないか。食べものを口からこぼしたりグラスを割ったり、無様なことをしたのではないか。お金を払っていないのではないか。好きでもない人にべたべたさわったりしたのではないか。くよくよ、くよくよと考え、消えたいほどの暗い気持ちになる。昔は、いっしょに飲んだ人に、上記のようなことはなかったかいちいち訊いていた。だいじょうぶ、とみんなが答える。なかったよ、じゃなくて、「だいじょうぶ」。その返事がまたこわくてくよくよする。

一時期、私はこのくよくよがあんまりつらくて、酒を飲むのをやめようかと思ったことがあるくらいだ。もちろん、やめられなかった。

やめられないので、せめて、と思い、忘れるシステムを把握しようとけした。何か特定の種類の酒が記憶を消すのか。結果：種類ではなくて量だった。その日の体調と何か関係があるのか。結果：なかった。ともに飲んでいる人たちと何か関係があるのか。結果：あった。初対面の人たちのいる場、はたまた、気心の知れきった人たちのいる場で、多く飲む傾向があり、そういうときにより忘れがちである。苦手な人と飲むときも、苦手意識を消そうとものすごく飲むので要注意。

根本的なところでは、酒の多量摂取が記憶をなくさせるのか、それとも、その後の睡眠がなくさせるのかという問題がある。だって、目覚めれば自宅、ということは、タクシーに乗って住所を説明しているのだ。このときには記憶はあるはず。どんなタクシーでいくら払って運転手さんとどんなやりとりをしたのか、まるで覚えていないのは、そのあとで寝るからじゃないか？

この研究結果はまだ出ていない。睡眠で忘れることもあるようだし、睡眠前から忘れていることもあるようである。

この悩みを友人に語ったところ、彼女は「私はあなたの、この先記憶がなくなるんだろうなという信号を知っている」と言うではないか！　それは何か問うと、ふつうに話していた私のうなずきが、深ーくなるときがあるらしい。深く、というのは、単に首のふりかたである。それ以前は「うんうん」と縦に三十度くらいでうなずいていたのが、「うーん、うーん」と百五十度くらい首を動かしはじめると、かなり酔っているとのこと。この情報はなかなかに有益で、以来、飲んでいるとき、自分のうなずき行為を確認するようになった。たしかに、ある程度酒がまわるとたしかに私は大きくうなずく。「あ、今だ」と思う。「この先記憶がなくなる」と思う。

ここで酒をやめるなり、控えるなり、すればいいのだが、いかんせん、それができない。二十年近く試みてできないのだから、これはもう不可能なのだ。だから結局

「記憶なくしポイント」がわかっただけで、記憶をどうにかすることは成功していない。

泥酔して、気づいたらまったく知らない部屋にいたり、知らない人といたり、ということを、酒を飲まない人や記憶のなくならない人はフィクション的にとらえているが、ごくふつうにある。二十代のときはそういうことがありすぎた。知らない町、知らない部屋、知らない人。トラブルはなかったけれど、町はまだしも、知らない部屋と知らない人は、あとになって考えてみればこわかった。極力そういうことはやめようと、三十歳を過ぎてから思った。

なくすものも多い。信頼や友情をなくしている場合もあるのかもしれないけれど、私の周囲には寛容な人が多いのか、そのことをわざわざ告げられたことは一度もない。私への信用や友情をうしなった人は、きっとこっそり黙って見捨て去ってくれるのだ。

なくすものは、もっとはっきりわかる物品である。喫煙していたときのライターや、傘は、あんまりなくしすぎて持ちものという認識がとうにない。高価なライターや傘を買わなくなった。百円ライターやビニール傘は全世界のみんなで使いまわすものだ。

あとなくしがちなのが、ポーチや帽子、マフラー。気に入りの冬帽子を飲んでいてなくし、翌年おなじものを買い、またなくし、なくしたことも忘れ、翌年ないことに気づき、またおなじものを買ったことがある。その関係でもっともショックだったのは、上着だ。マフラーをなくすのならまだわかるが、上着くらいはさすがに気づいてほしい。

いちばん謎なのは、ジーンズがなくなったこと。気がついたらジーンズをはいていなかったわけではなくて、クロゼットに見当たらず、家じゅうさがしても出てこなくて「なくした」と気づいたのである。家のどこにもなければ、外にある。外でなくす、といえば酔っ払っているときしかあり得ない。しかしジーンズを脱いでどのように帰ったのか。考えに考え、私が出した希望的結論は、デパートでズボンを購入後に飲みにいって、飲んでいる最中、新しいズボンを唐突に試したくなり、トイレで着替え、値札をとり、脱いだジーンズをその場に置いてきたのだろう、というもの。それならば、下着丸出しで帰るという醜態はさらしていないはずだ。

なくした場所が特定できれば、店なり、タクシー会社なり、鉄道オフィスなりに問い合わせるのだが、わからない。本当にわからない。だからあきらめる。自業自得ってまさにこういうことだ。

あきらめてはならないなくしものもある。保険証の入ったパスケース、クレジットカードの入った財布、携帯電話。この三つは、なくしたと気づいたときにはげしくへこむ三大神器だと思う。

どこでだか財布をなくし、キャッシュ、クレジット含めカード関係をあわてて止めた。が、ともに飲んでいた人のぴかぴかの記憶力のおかげで、何軒目かの店で見つかり、案外早く戻ってきた。カードがまた使えるように数社に連絡したのだが、いったん使えなくしたカードを使えるようにするには、ものすごい手間と日数がかかるのである。しかもクレジットカードは番号を変えねばならず、そうすると、かつての番号で登録していたものみな変更してまわらねばならず、「飲んでいて財布をなくした」だけのことに、まったく不釣り合い

なほどの労働が求められる。

パスケースをなくしたときは警察に遺失物として届けた。入っているのはスイカカード、保険証、区役所で発行される印鑑カード、文藝家協会やペンクラブの会員証など。これはもう、さすがに出てこないだろう、保険証で何かされなければよしとするしかない、と思っていた。けれど二週間ほどたったある日、「警視庁遺失物センター」というところから、受付番号の書かれた葉書が送られてきた。そこで保管されているという。とりにいってみると、スイカも使われた形跡がなく、保険証も会員証も、もともとあったものはぜんぶあった。都心の駅構内に落ちていたのを、だれかが届けてくれたらしい。

携帯電話もまた面倒くさい。携帯電話を飲食店とタクシー内に忘れたことが私は幾度もあって、ほとほといやになって、飲んでいるときには携帯電話を鞄から出すの禁止令を自分に課した。でも忘れて出す。

都心方面でしこたま飲み、はっと気づいたら、自宅マンションの前に立っていたことがある。手にしているのは半透明のビニール袋ひとつ。なんだろうと思って中身を見ると、肉の入った透明のパックがひとつ、入っている。ああ、今日のレストランで食べ残した肉を包んでもらったのだな、とそれは思い出したが、ハテ鞄がない。肉しかない。鞄がないと、財布もなければ携帯電話もなければ鍵もない。くり返すが、肉しかない。ここで一気に酔いが覚めた。

夫が帰っていてくれますようにと、共同玄関のインターホンを鳴らす。返答なし。寝ていたらどうしよう。数度押すが、やはり返答なし。やむなく私はエントランス外の植えこみにしゃがんで夫の帰りを待った。一時間ほどのちに夫が帰ってきて、植え込みから肉だけ持って急にあらわれた私に驚きながらも、あちこちに電話をかけて鞄をさがしてくれた。鞄はタクシー会社に保管されていることが、ようやく翌日になってわかった。

それにしてもかつて私のなくしたパスケース、財布、鞄、お金もカードも保険証も、何ひとつなくならずに戻ってきたのだから、すごいことである。この三種の神器をなくすたび深く落ちこみ、無理だとわかりつつ、酒減らそうかと考えるのだが、未だになくしているのは、その都度それらが何もなくさずに戻ってくる、ささやかな奇跡に甘えているのかもしれない。

記憶をぜったいになくさない酒もある。異国でひとりで飲む酒だ。

異国をひとり旅しているときも、毎日飲む。酒を飲ませる店がなければ酒を出す屋台をさがす。住民に敬虔なイスラム教徒の多いインドのオンゴールでは、女は飲み屋にはもちろん、酒屋にも入れてもらえなかった。だからホテルのスタッフに買ってきてもらうしかなかった。モンゴルの大平原には屋台も酒屋もないが、車道のわきに馬乳酒を売る人がしゃがんでいる。

旅先でひとりで飲む酒は、くよくよの深化をストップさせるためのものでもない。その場所と近しくなるための手段だ。ひとりで飲むが、人と向き合うために飲む酒に近い。その場所と向き合い、関わりたくて飲むのである。

しかしぜったいに飲み過ぎない。ひとり旅をはじめた二十年前から強く心に決めていることだ。

知らない町で、たったひとりで、記憶をうしなうくらい飲んだら、しゃれにならない。知らない町、知らない部屋、知らない人のこわさは東京の比ではない。しかも、財布も何もかも、もともとあったものがあったまま返ってくるなんて、そんなことはまずないと考えたほうがいい。記憶はなくしちゃいけない。その場所を旅先に選んだことや、酒を飲んだことを後悔するような羽目には、ぜったいに陥りたくないのである。

だから異国の夜はよく覚えている。バーも、話しかけてきた人も、飲んだものも、空の暗さも、ホテルまでの道も、心細さも。

このごろ考えることがある。人生の三分の一、人は眠っていると聞いたことがある。とすると、こんなふうに、一日の何時間かを覚えていないというのは、私は一日の三分の二、睡眠と泥酔で失っていることにならないか。三分の一は記憶がないわけだから。

夢中で話しても、泥酔後だと忘れていることが多いので、おんなじ話を何回もしたり、おんなじ質問を何度もしたりすることになる。私の友人たちはみなこういったことに寛容だが、一度友人に、「なんだか前に話した時間が存在しないみたいでさみしいね」と、（嫌みではなく）しみじみと言われたことがあって、本当にそうだ、と思った。話しても話しても、あるところに戻ってしまう。初対面の人と盛り上がったのに、盛り上がった部分だけ覚えていなくて、次に会うともじもじしてしまうことも多い。そういうとき、双六で後戻りしている気がする。人より確実に損をしている。

でもしかたない。必要なのだから。

そして混沌としたいくつもの「覚えていない」泥酔時間を思い出すと、覚えていないながら、なんとはなしにしあわせな気持ちになってくるのだから、うん、酒が飲める大人になってよかったと思うことにしておこう。

好きでもきらいでもない

藤野可織

ふじの・かおり
一九八〇年、京都府生まれ。同志社大学大学院文学研究科修了。二〇〇六年「いやしい鳥」で文學界新人賞を受賞、二〇一三年、「爪と目」で芥川賞を受賞。著書に『パトロネ』『ぼくは』『おはなしして子ちゃん』『ファイナルガール』『ドレス』『いやしい鳥』など。

お酒は好きでもなければきらいでもない。ただ、飲める。そんなに大量には飲めないが、そこそこは飲める。飲めるから飲んでいる。

家では一滴も飲まない。コーヒーばかり飲んでいてものすごく寝ているのに、お酒なんか飲んだら寝たきりになってしまう。

飲まないでいるのは、別につらくはない。一大決心というわけでもない。冷蔵庫にはいただきもののお酒が何本か入っているし、家族が買ってくる缶ビールや缶酎ハイも冷えている。それらが視界にあっても、心はまったく平静である。隣に並んでいる豆乳やトマトジュースをつかみ出して、ごくごく飲んでいる。あのいただきもののお酒は、今書いているこれが校了したら開けてみようかな、ということはときどき考える。ところが、それが校了したころにはまた次に書いているもののことやただひたすら眠ることで頭も体もいっぱいになっていて、それどころではなくなっている。

そのくらい、お酒に対する欲求は低い。

そのわりに、お酒の失敗はひととおりやってきた。

一次会で飲み、二次会で畳に横たわって眠り、三次会でまた飲む。トイレの個室で寝てしまい、店員さんにドアをどんどん叩かれて起きる。トイレの個室がひとつしかないからここで寝てしまってはいけないと、誰にも告げずに手ぶらで居酒屋を出て、付近のホテルに侵入してそこのトイレのきれいなのに上機嫌になりつつ寝る。カラオケ店にて、部屋から出てトイレへ行ったが最後、もとの部屋がどこだったかわからなくなり、どこも同じように見える店内を徘徊した挙句、受付前のソファで朝まで寝る。おひらきになり、みんなと別れたあと、眠くて立っていられなくなり、あたりに人がいないところまで行ってちょっとだけ路上で寝る。

寝るだけならまだいい。吐いて迷惑をかけたこともある。大学生のとき、前後不覚になって先輩に背負われたこともある。去年、やっぱり前後不覚になった私を友達がタクシーで家まで送ってくれたのだが、途中で吐き気をもよおし三度もタクシーを降りた。友達は、その都度別のタクシーを停めてくれたらしい。本当にごめんなさい。

このように行状を書き連ねた上で、冒頭に書いた文章に立ち返ると、これが他人の書いたものであればよくもまあこんな嘘八百を書けたものだと思うところだけれど、しかしこれは真実の気持ちなのだ。

何度でも書く。

お酒は好きでもなければきらいでもない。ただ、飲める。そんなに大量には飲めないが、そこそこは飲める。飲めるから飲んでいる。

そんななのになぜ失敗するほど飲んでしまうことがあるのか、自分では理由がわかっているつもりでいる。私の中では、すべてきれいに筋が通っているのだ。

それを今から説明する。

ふだん自分ではいっさい飲まない私が、宴会と聞くといそいそと出かけていくのは、お酒を飲んでおかしなことになっている人を見るのが大好きだからだ。

お酒を飲んでおかしなことになる人たちは、だいたいもうお酒を飲む直前からちょっとおかしい。これからおかしなことになるであろう予感に興奮しているものと思われる。そういう姿を見ていると、私もうれしくなる。

顔が赤くなり、ろれつが回らなくなってくる人。顔色は変わらず、口調が明晰なまま、いきなり世の中に対する呪いの言葉を叫び出す人。何を聞いても笑っている人、何を聞いても同じ相槌しか返さなくなってしまった人、口の中の氷を取り出してはしげしげと眺め、その溶けていく氷にふとやさしく微笑みかける人。手足をぴんと伸ばし、うつ伏せになって板のように眠っている人。机に突っ伏して眠っているかと思ったら、いきなり起き上がって会話に乱入し、しかもきちんとした意見を述べている人。次の店に移動するとき、自分の荷物も持たずものすごいスピードで走っていく人。その人の荷物を持ってやっとのことで追いつくと、私のかばんがないんだけど、私のかばんどこ、と言って怒っている。私じゃない別の人のかばんに向けて、盛大に吐いてしまう人。みんな大好きだ。

一度、路上に大の字に横たわってしまい、どうしようもなくなった友人を背負ったことがあるが、それだってうれしくてしょうがなかった。その友人は今にも吐きそうな様子であったので、コンビニ袋の持ち手をうやうやしく彼の両耳にかけてマスクみたいに顔を覆い、吐瀉物が自分の服にかからないよう工夫をした。我ながらすばらしい思いつきだと思い、そのようなことを考えついた自分が誇らしくてならなかった。そして、私にこんな気持ちを抱かせてくれたその友人を、私はふだんはさほど好きではなかったが、そのときばかりは心から好きだった。

まだここまででは、私がお酒を飲むことの説明にはなっていない。お酒を飲んでおかしなことになっている人を見るのが大好きなだけだったら、自分はお酒を飲まずにただひたすら観察だけをしていればいいからだ。きっとシラフのほうがよく観察できるだろうし。

でも、それはちがう。それだけでは足りない。それだけじゃ寂しい。

私は、お酒を飲んでおかしなことになっている人といっしょにおかしなことになりたいのだ。踊りだす人がいればいっしょに踊りたいし、歌いだす人がいればいっしょに歌いたい。走っていく人にだって、走ってついていきたい。明日に差し支えるから今日はこれで、なんて言いたくない。考えつきたくもない。明日が来るなんて知らなかった、明日が来てびっくりしちゃった、くらいの気持ちでいたい。それには、やっぱり私も酔わないといけない。

だから、飲む。お酒そのものにはほとんど興味はない。この味は好き、この味はいまいち、くらいのことは感じている。アルコールが体をかっとさせて、頭をぼーっとさせるのも、感知している。でも、お酒には興味がない。その証拠に、私はお酒の名前を知らないし、数度飲んだことのあるものでもほとんどおぼえられない。ビール、くらいしか言えず、ビールの何にしましょうか、と言われても、味じゃなくてメニューに書いてある名前の語感で選んでいる。ビール以外のお酒は、まわりの人が注文したものを、じゃあ私も、と言って飲んでいる。私はたいていのお酒が飲める。ワインも、日本酒も、ウィスキーもブランデーも、焼酎も、何ベースのカクテルでも口に入れて飲み込むことができる。そしてこれを適量飲めば、これを飲んでさえいれば、これを飲んだ結果ということなら、私はおかしくなってかまわないのだ。私はじきに自分がおかしなことになるであろう予感に、泣きたいくらい興奮していることを自覚する。そしてその段階ですでに、私は多分ちょっとおかしくなれている。

私は若いころはこうではなかった。若いころというのは、お酒を飲むのに適切でないくらい若いころだ。正確には、高校二年生のころだ。

期末テストの最終日に、クラス全員で打ち上げをするという知らせが回ってきた。予約を入れたのでここへ来るようにと言われた場所に行ってみると、そこは木屋町の居酒屋で、クラスのほぼ全員が集まっていた。今ほど未成年者の飲酒に対する規制が厳しくなく、意識も甘かった時代のことだ。はじめはジュースやウーロン茶ばかり飲んでいたはずだが、気がつけば一部の男子がアルコールを注文していた。テーブルの向かいに座っていた男子の前に、冷酒が置かれた。きれいな磨りガラスでできた徳利に、おそろいのおちょこ。彼はへらへらと笑いながらおちょこを煽り、ぐっとのけぞった顎がゆっくり降りてくると、もう真顔だった。口をきいたこともない間柄なのに、私と彼はなぜか見つめ合っていた。男子はとつぜん口をだらりと開いた。そこから、透明な日本酒が溢れ出してたらたらと彼の胸を濡らし、テーブルを濡らした。男子はそのまま泣き出し、なにかを言いながら体をよじって、それから横たわってしまった。

私は腰を浮かして、中身のたっぷり残った徳利とおちょこを自分の前に引き寄せた。ちょっと注いで、飲んでみた。どうということもなかった。舌がぴりぴりするくらいで、変な味の水だと思った。男子がしくしく泣いているので、もういらないのだろうと判断し、私は徳利を空けた。全部飲んでしまっても、頭にも体にも変調はなかった。ただの変な味の水だった。私はテーブルの向こうへまわり、畳に爪を立てて泣いている男子を見に行った。男子の顔は真っ赤で、眉間に深く皮膚が寄ってひだになっていた。口のまわりはよだれとお酒できらきらしていた。靴下は片方がずり下がり、かかとが露出していた。私はしゃがんで彼を見、立って見下ろし、またしゃがんで見つめた。これが酔いというやつか、と思った。それで、その酔いというやつは、私にはもたらされないものなのだ、とも。

酔いは、大学生になって飲み会の回数も重ねたある夜、いきなりやってきて私を打ち倒した。それ以来、年々お酒に弱くなってきている気がする。

それなのに、いまだに私は、あのお酒がただの変な水でしかなかったときの感触をおぼえていて、変な味の水だなと思いながら飲んでいる。じゅうぶんにおかしくなれるし、実際おかしくなっているのに、おかしくなれないんじゃないかという不安や焦りとともに飲んでいる。好きでもきらいでもない。ひとりのときには見向きもしない。

本書は二〇一二年一一月に筑摩書房から刊行された単行本に、書き下ろし藤野可織「好きでもきらいでもない」を加えたものである。なお文庫化にあたっては、平松洋子「だめなことは、悪いことではない」を「十八の夜の話」に改題した。

幕末単身赴任
下級武士の食日記 増補版

青木直己

きな臭い世情なんてなんのその、単身赴任でやってきた勤番侍が幕末江戸の〈食〉を大満喫！ 残された日記から当時の江戸のグルメと観光を紙上再現。

神国日本のトンデモ決戦生活

早川タダノリ

これが総力戦だ！ 雑誌や広告を覆い尽くしたプロパガンダの数々が浮かび上がらせる戦時下日本のリアルな姿。関連図版をカラーで多数収録。

誰も調べなかった日本文化史

パオロ・マッツァリーノ

土下座のカジュアル化、先生という敬称の由来、全国紙一面の広告。――イタリア人（自称）戯作者が、資料と統計で発見した知られざる日本の姿。

建築探偵の冒険・東京篇

藤森照信

街を歩きまわり、古い建物、変わった建物を発見し調査する〝東京建築探偵団〟の主唱者による、建築をめぐる不思議で面白い話の数々。（山下洋輔）

鉄道エッセイコレクション

芦原伸 編

本を携えて鉄道旅に出よう！ 文豪、車掌、音楽家――、生粋の鉄道好き20人が愛を込めて書いた「鉄分100％」のエッセイ／短篇アンソロジー。

ヨーロッパぶらりぶらり

山下清

「パンツをはかない男の像はにが手」「人魚のおしりは人間か魚かわからない」。〝裸の大将〟の眼に映ったヨーロッパは？ 細密画入り。（赤瀬川原平）

坂本九ものがたり

永六輔

名曲「上を向いて歩こう」の永六輔・中村八大・坂本九が歩んだ戦中戦後、そして3人が出会ったテレビ草創期。歌に託した思いとは。（佐藤剛）

日々談笑

小沢昭一

話芸の達人の、芸が詰まった一冊。柳家小三治と佐渡の芸能話、網野善彦と陰陽師や猿芝居の話、清川虹子と喜劇話……多士済々17人との対談集。

おかしな男 渥美清

小林信彦

芝居や映画をよく観る勉強家の彼と喜劇マニアのぼく。映画「男はつらいよ」の〈寅さん〉になる前の若き日の渥美清の姿を愛情こめて綴った人物伝。（中野翠）

ウルトラマン誕生

実相寺昭雄

オタク文化の最高峰、ウルトラマンが初めて放送されてから40年。創造の秘密に迫る。スタッフたちの心意気、撮影所の雰囲気をいきいきと描く。

脇役本　濵田研吾

映画や舞台のバイプレイヤー七十数名が書いた本、関連書などを一挙紹介。それら脇役本が教えてくれる秘話満載。古本ファンにも必読。（出久根達郎）

時代劇 役者昔ばなし　能村庸一

「鬼平犯科帳」「剣客商売」を手がけたテレビ時代劇名プロデューサーによる時代劇役者列伝。春日太一氏との語り下ろし対談を収録。文庫オリジナル。

東京酒場漂流記　なぎら健壱

異色のフォーク・シンガーが達意の文章で綴るおかしくも哀しい酒場めぐり。薄暮の酒場に集う人々との無言の会話、酒、肴。（高田文夫）

旅情酒場をゆく　井上理津子

ドキドキしながら入る居酒屋。心が落ち着く静かな店も、常連に囲まれ地元の人情に触れた店も、それもこれも旅の楽しみ。酒場ルポの傑作！

満腹どんぶりアンソロジー
おーい、丼《どん》　ちくま文庫編集部編

天丼、カツ丼、牛丼、海鮮丼に鰻丼。こだわりの食べ方、懐かしい味から思いもよらぬ珍丼まで作家・著名人の「丼愛」が迸る名エッセイ50篇。

ひりひり賭け事アンソロジー
わかっちゃいるけど、ギャンブル！　ちくま文庫編集部編

勝てば天国、負けたら地獄。麻雀、競馬から花札や手本引きまで、ギャンブルに魅せられた作家たちの名エッセイを集めたオリジナルアンソロジー。

赤線跡を歩く　木村聡

戦後まもなく特殊飲食店街として形成された赤線地帯。その後十余年、都市空間を彩ったその宝石のような建築物と街並みの今を記録した写真集。

異界を旅する能　安田登

「能」は、旅する「ワキ」と、幽霊や精霊である「シテ」の出会いから始まる。そして、リヤットが鍵となる日本文化を解き明かす。（松岡正剛）

老人力　赤瀬川原平

20世紀末、日本中を脱力させた名著『老人力』と『老人力②』が、あわせて文庫に！　ぼけ、ヨイヨイ、もうろくに潜むパワーがここに結集する。

裸はいつから恥ずかしくなったか　中野明

幕末、訪日した外国人は混浴の公衆浴場に驚いた。日本人が裸に対して羞恥心や性的関心を持ったのはいつなのか。「裸体」で読み解く日本近代史。

品切れの際はご容赦ください

味覚日乗　辰巳芳子

春夏秋冬、季節ごとの恵み香り立つ料理歳時記。日々のあたりまえの食事を、自らの手で生み出す喜びと呼吸を、名文章で綴る。（藤田千恵子）

諸国空想料理店　高山なおみ

注目の料理人の第一エッセイ集。世界各地で出会った料理をもとに空想力を発揮して作ったレシピ。よしもとばなな氏も絶賛。（南椌椌）

ちゃんと食べてる？　有元葉子

元気に豊かに生きるための料理とは？　食材や道具の選び方、おいしさを引き出すコツなど、著者の台所の哲学がぎゅっとつまった一冊。（高橋みどり）

買えない味　平松洋子

一晩寝かしたお芋の煮っころがし、土瓶で淹れた番茶、風にあてた干し豚の滋味……日常の中にこそある、おいしさを綴ったエッセイ集。（中島京子）

くいしんぼう　高橋みどり

高望みはしない。ゆでた野菜を盛るくらい。でもごはんはちゃんと炊く。料理する、食べる、それを繰り返す、読んでおいしい生活の基本。（高山なおみ）

昭和の洋食　平成のカフェ飯　阿古真理

小津安二郎『お茶漬の味』から漫画『きのう何食べた？』まで、家庭料理はどのように描かれてきたか。食と家族と社会の変化を読み解く。（上野千鶴子）

色を奏でる　志村ふくみ・文　井上隆雄・写真

色と糸と織――それぞれに思いを深めて織り続ける染織家にして人間国宝の著者の、エッセイと鮮かな写真が織りなす豊醇な世界。オールカラー。

なんたってドーナツ　早川茉莉編

貧しかった時代の手作りおやつ、日曜学校で出合った素敵なお菓子、毎朝宿泊客にドーナツを配るホテル、哲学させる穴……。文庫オリジナル。

玉子ふわふわ　早川茉莉編

国民的な食材の玉子、むきむきで抱きしめたい！　森茉莉、武田百合子、吉田健一、山本精一、宇江佐真理ら37人が綴る玉子にまつわる悲喜こもごも。

暮しの老いじたく　南和子

老いは突然、坂道を転げ落ちるようにやってくる。その時になってあわてないために今、何ができるか。道具選びや住居など、具体的な50の提案。

吉行淳之介ベスト・エッセイ　吉行淳之介　荻原魚雷 編

創作の秘密から、ダンディズムの条件まで。「文学」「男と女」「紳士」「人物」のテーマごとに厳選した、吉行淳之介の入門書にして決定版。（大竹聡）

田中小実昌ベスト・エッセイ　田中小実昌　大庭萱朗 編

東大哲学科を中退し、バーテン、香具師などを転々とし、飄々とした作風とミステリー翻訳で知られるコミさんの厳選されたエッセイ集。（片岡義男）

山口瞳ベスト・エッセイ　小玉武 編

サラリーマン処世術から飲食、幸福と死まで。——幅広い話題の中に普遍的な人間観察眼が光る山口瞳の豊饒なエッセイ世界を一冊に凝縮した決定版。

色川武大・阿佐田哲也ベスト・エッセイ　色川武大／阿佐田哲也　大庭萱朗 編

二つの名前を持つ作家のベスト。文学論、落語からタモリまでの芸能論、ジャズ、作家たちとの交流も。もちろん阿佐田哲也名の博打論も収録。（木村紅美）

開高健ベスト・エッセイ　開高健　小玉武 編

文学から食、ヴェトナム戦争まで——おそるべき博覧強記と行動力。「生きて、書いて、ぶつかった」開高健の広大な世界を凝縮したエッセイを精選。

中島らもエッセイ・コレクション　中島らも　小堀純 編

小説家、戯曲家、ミュージシャンなど幅広い活躍で没後なお人気の中島らもの魅力を凝縮！　酒と文学とエンターテインメント。（いとうせいこう）

文房具56話　串田孫一

使う者の心をときめかせる文房具。どうすればこの小さな道具が創造力の源泉になりうるのか。文房具の想い出や新たな発見、工夫や悦びを語る。

ぼくは散歩と雑学がすき　植草甚一

１９７０年、遠かったアメリカ。その風俗、映画、本、音楽から政治までをフレッシュな感性と膨大な知識、貪欲な好奇心で描き出す代表エッセイ集。

快楽としてのミステリー　丸谷才一

ホームズ、００７、マーロウ——探偵小説を愛読して半世紀、その楽しみを文芸批評とゴシップを駆使して自在に語る。文庫オリジナル。（三浦雅士）

超発明　真鍋博

昭和を代表する天才イラストレーターが、唯一無二のＳＦ的想像力と未来的発想で〝夢のような発明品〟１２９例を描き出す幻の作品集。（川田十夢）

ねぼけ人生〈新装版〉　水木しげる

戦争で片腕を喪失、紙芝居・貸本漫画の時代と、波瀾万丈の人生を、楽天的に生きぬいてきた水木しげるの、面白くも哀しい半生記。（呉智英）

「下り坂」繁盛記　嵐山光三郎

人の一生は、「下り坂」をどう楽しむかにかかっている。真の喜びや快感は「下り坂」にあるのだ。あちこちにガタがきても、愉快な毎日が待っている。

向田邦子との二十年　久世光彦

あの人は、あり過ぎるくらいあった始末におえない胸の中のものを誰にだって、一言も口にしない人だった。時を共有した二人の世界。（新井信）

旅に出る
ゴトゴト揺られて本と酒　椎名誠

旅の読書は、漂流モノと無人島モノと一点こだわりガンコ本！　本と旅とそれから派生していく自由な思いのつまったエッセイ集。（竹田聡一郎）

昭和三十年代の匂い　岡崎武志

テレビ購入、不二家、空地に土管、トロリーバス、くみとり便所、少年時代の昭和三十年代の記憶をたどる。巻末に岡田斗司夫氏との対談を収録。

本と怠け者　荻原魚雷

日々の暮らしと古本を語り、古書に独特の輝きを与えた「ちくま」好評連載「魚雷の眼」を、一冊にまとめた文庫オリジナルエッセイ集。（岡崎武志）

増補版　誤植読本　高橋輝次編著

本と誤植は切っても切れない⁉　恥ずかしい打ち明け話や、校正をめぐるあれこれなど、作家たちが本音を語り出す。作品42篇収録。（堀江敏幸）

わたしの小さな古本屋　田中美穂

会社を辞めた日、古本屋になることを決めた。倉敷の空気、古書がつなぐ人の縁、店の生きものたち……。女性店主が綴る蟲文庫の日々。（早川義夫）

ぼくは本屋のおやじさん　早川義夫

22年間の書店としての苦労と、お客さんとの交流。どこにもありそうで、ない書店。30年来のロングセラー！（大槻ケンヂ）

たましいの場所　早川義夫

「恋をしていいのだ。今を歌っていくのだ」。心を揺るがす本質的な言葉。文庫用に最終章を追加。帯文＝宮藤官九郎　オマージュエッセイ＝七尾旅人

超芸術トマソン　赤瀬川原平

都市にトマソンという幽霊が！　街歩きに新しい楽しみを、表現世界に新しい衝撃を与えた超芸術トマソンの全貌。新発見珍物件増補。（藤森照信）

日本美術応援団　赤瀬川原平／山下裕二

雪舟の「天橋立図」凄いけどどこかヘン⁉　光琳にはなくて宗達にはある〝乱暴力〟とは？　教養主義にとらわれない大胆不敵な美術鑑賞法‼

ぼくなりの遊び方、行き方　横尾忠則

日本を代表する美術家の自伝。登場する人物、起こる出来事その全てが日本のカルチャー史！　壮大な物語はあらゆるフィクションを超える。（川村元気）

モチーフで読む美術史　宮下規久朗

絵画に描かれた代表的な「モチーフ」を手掛かりに美術を読み解く、画期的な名画鑑賞の入門書。カラー図版約１５０点を収録した文庫オリジナル。

しぐさで読む美術史　宮下規久朗

西洋美術では、身振りや動作で意味や感情を伝える。古今東西の美術作品を「しぐさ」から解き明かす『モチーフで読む美術史』姉妹編。図版２００点以上。

春画のからくり　田中優子

春画では、女性の裸だけが描かれることはなく、男女の絡みが描かれる。男女が共に楽しんだであろう性表現に凝らされた趣向とは。図版多数。

ROADSIDE JAPAN 珍日本紀行 東日本編　都築響一

秘宝館、意味不明の資料館、テーマパーク……。路傍の奇跡ともいうべき全国の珍スポットを走り抜ける旅のガイド、東日本編一七六物件。

ROADSIDE JAPAN 珍日本紀行 西日本編　都築響一

蝋人形館、怪しい宗教スポット、町おこしの苦肉の策が生んだ妙な博物館。日本の、本当の秘境は君のすぐそばにある！　西日本編一六五物件。

既にそこにあるもの　大竹伸朗

画家、大竹伸朗「作品への得体の知れない衝動」を伝える20年間のエッセイ。文庫では新作を含む木版画、未発表エッセイ多数収録。（森山大道）

私の好きな曲　吉田秀和

永い間にわたり心の糧となり魂の慰藉となってきた、最も愛着の深い音楽作品について、その魅力を語る、限りない喜びにあふれる音楽評論。（保苅瑞穂）

グレン・グールド　青柳いづみこ

20世紀をかけぬけた衝撃の演奏家の遺した謎をピアニストの視点で追い究め、ライヴ演奏にも着目、つねに斬新な魅惑と可能性に迫る。（小山実稚恵）

Ai ジョン・レノンが見た日本　ジョン・レノン絵　オノ・ヨーコ序

ジョン・レノンが、絵とローマ字で日本語を学んだスケッチブック。「おだいじに」「毎日生まれかわります」などジョンが捉えた日本語の新鮮さ。

アンビエント・ドライヴァー　細野晴臣

はっぴいえんど、YMO……日本のポップシーンで様々な花を咲かせ続ける著者の進化し続ける自己省察。帯文＝小山田圭吾（テイ・トウワ）

skmt 坂本龍一とは誰か　坂本龍一＋後藤繁雄

坂本龍一は、何を感じ、どこへ向かっているのか？　独特編集者・後藤繁雄のインタビューにより、独創性の秘密にせまる。予見に満ちた思考の軌跡。

ゴッチ語録 決定版　後藤正文

ロックバンドASIAN KUNG-FU GENERATIONのフロントマンが綴る音楽のこと。対談＝宮藤官九郎他。コメント＝谷口鮪（KANA-BOON）

ホームシック　ECD＋植本一子

ラッパーのECDが、写真家・植本一子に出会い、家族になるまで。植本一子の出産前後の初エッセイも。二人の文庫版あとがきも収録。（窪美澄）

キッドのもと　浅草キッド

生い立ちから凄絶な修業時代、お笑い論、家族への思いまで。孤高の漫才コンビが仰天エピソード満載で送る笑いと涙のセルフ・ルポ。（宮藤官九郎）

小津安二郎と「東京物語」　貴田庄

小津安二郎の代表作「東京物語」はどのように誕生したのか？　小津の日記や出演俳優の発言、スタッフの証言などをもとに迫る。文庫オリジナル。

しどろもどろ　岡本喜八

「面白い映画は雑談から生まれる」と断言する岡本喜八。映画への思い、戦争体験……、シリアスなことでもユーモアを誘う絶妙な語り口が魅了する。

ゴジラ　香山滋

今も進化を続けるゴジラの原点。太古生命への讃仰、原水爆への怒りなどを込めた、原作者による小説・エッセイなどを集大成する。（竹内博）

品切れの際はご容赦ください

考現学入門　今和次郎　藤森照信編

震災復興後の東京で、都市や風俗への観察・採集からはじまった〈考現学〉。その雑学の楽しさを満載し、新編集でここに再現。（藤森照信）

路上観察学入門　赤瀬川原平／藤森照信／南伸坊編

マンホール、煙突、看板、貼り紙……路上から観察できる森羅万象を対象に、街の隠された表情を読みとる方法を伝授する。（とり・みき）

TOKYO STYLE　都築響一

小さい部屋が、わが宇宙。ごちゃごちゃと、しかし快適に暮らす、僕らの本当のトウキョウ・スタイルはこんなものだ！　話題の写真集文庫化！

自然のレッスン　北山耕平

自分の生活の中に自然を蘇らせる、心と体と食べ物のレッスン。自分の生き方を見つめ直すための詩的な言葉たち。帯文＝服部みれい（曽我部恵一）

バーボン・ストリート・ブルース　高田渡

流行に迎合せず、グラス片手に飄々とうたい続け、いぶし銀のような輝きを放ちつつ逝った高田渡の酔いどれ人生、ここにあり。（スズキコージ）

素敵なダイナマイトスキャンダル　末井昭

実母のダイナマイト心中を体験した末井少年が、革命的野心を抱きながら上京、キャバレー勤務を経て伝説のエロ本創刊に到る仰天記。（花村萬月）

青春と変態　会田誠

著者の芸術活動の最初期にあり、高校生男子の暴発するエネルギーを、日記形式の独白調で綴る変態的青春小説もしくは青春的変態小説。（松蔭浩之）

官能小説用語表現辞典　永田守弘編

官能小説の魅力は豊かな表現力にある。本書は創意工夫の限りを尽したその表現をピックアップした、日本初かつ唯一の辞典である。（重松清）

増補　エロマンガ・スタディーズ　永山薫

制御不能の創造力と欲望で数多の名作・怪作を生んできた日本エロマンガ。多様化の歴史と主要ジャンルを網羅した唯一無二の漫画入門。（東浩紀）

いやげ物　みうらじゅん

水で濡らすと裸が現われる湯呑み。着ると恥ずかしい地名入Tシャツ。かわいいが変な人形。抱腹絶倒土産物、全カラー。（いとうせいこう）

ちくま文庫

泥酔懺悔《でいすいざんげ》

二〇一六年九月十日　第一刷発行
二〇一九年四月五日　第二刷発行

著　者　朝倉《あさくら》かすみ／中島《なかじま》たい子／瀧波《たきなみ》ユカリ／平《ひら》
松洋子《まつようこ》／室井滋《むろいしげる》／中野翠《なかのみどり》／西加奈子《にしかなこ》／山崎《やまざき》
ナオコーラ／三浦《みうら》しをん／大道珠貴《だいどうたまき》／角田《かくた》
光代《みつよ》／藤野可織《ふじのかおり》

発行者　喜入冬子

発行所　株式会社　筑摩書房
東京都台東区蔵前二―五―三　〒一一一―八七五五
電話番号　〇三―五六八七―二六〇一（代表）

装幀者　安野光雅
印刷所　凸版印刷株式会社
製本所　凸版印刷株式会社

ISBN978-4-480-43371-8　C0195